Michael Schönberg

DIE
DUNKELHEIT

Bibliografische Information der Nationalbibliotheken:
Die Deutsche Nationalbibliothek verzeichnet diese Publikation in der Deutschen Nationalbibliografie; detaillierte bibliografische Daten sind im Internet über http://dnb.dnb.de abrufbar.

Impressum

3. Auflage Januar 2020
Alle rechte bei:
© 2021, Michael Schönberg
Covergestaltung: Wine van Velzen
Herausgeber: Michael Schönberg

ISBN: 978-3754-3126-43

Herstellung und Verlag: BoD – Books on Demand, Norderstedt

»Guten Morgen, mein Schatz.«

»Guten Morgen, Süße.«

»Es ist gleich 8.00 Uhr, du Schlafmütze. Wir haben heute noch viel vor.«

»Och, ich bin noch so müde. Lass uns etwas später fahren und wir kuscheln noch ein wenig.«

»Würde ich ja wirklich sehr gerne, aber wir haben meinen Eltern versprochen, dass wir zum Essen kommen. Und wenn wir einmal kuscheln, dann wird es sicher spät, weil wir kein Ende finden. Lass uns das auf heute Abend oder morgen Früh verschieben.«

Uschi küsste ihren Horst zärtlich auf die Stirn, schlug ihm aber gleichzeitig die Bettdecke zurück.

»Das ist gemein.«

Horst wollte sie packen, doch Uschi war geschwind zurückgewichen, und stieg aus dem Bett.

Dabei rutschte ihr das lange T-Shirt hoch, sodass er ihren makellosen Po bewundern konnte.

»Oh, das ist gemein! Zeigen, aber verweigern.«

»Alles für dich heute Abend. Nur Geduld, dann mache ich dich schon glücklich.«

Mit diesen Worten bückte sie sich kurz, zog aber dann das Hemd nach unten. Horst winkte ab und stand auf. Uschi war im Bad verschwunden, während er in die Küche ging, um Kaffee zu kochen. Kurz darauf kam seine Tochter in die Küche.

»Hallo Papi, fahren wir heute zu Oma und Opa?«

»Ja, mein Sonnenschein. Oma hat doch Geburtstag.«

»Juhu, Oma hat Geburtstag, und wir fahren hin.«
Julia liebte ihre Großeltern. Da sie in der Eifel wohnten, hielt sich die Häufigkeit ihrer Begegnungen jedoch in Grenzen. Großkampenberg hieß der verheißende Ort in der Eifel. Doch wenn man nicht aufpasste, fuhr man in weniger als fünf Minuten durch den Ort hindurch. Es gab noch Kampenberg, durch diesen Ort fuhr man in nur zwei Minuten. Deshalb hieß der Ort ihrer Eltern eben Großkampenberg. Horst hatte sich schon oft über den Namen lustig gemacht, was Uschi gar nicht leiden konnte.

»So kleine Gemeinden haben auch ihre Vorteile«, sagte sie oft. Leider nie, welche sie damit meinte.

Uschi war schon sehr früh von zu Hause ausgezogen. In dem Ort gab es nur eine Gemeinschaftsschule. Das Gymnasium befand sich in Prüm, knapp eine Stunde mit dem Schulbus entfernt. Nach dem Abitur ging sie nach Düsseldorf und machte dort eine Lehre zur Bankkauffrau. Nun aber ging es mal wieder in die schöne Eifel. Im Herbst war es aber nicht wirklich schön dort. Regen, Nebel und nasskaltes Wetter bestimmten das Leben dieser Region.
Uschis Eltern hatten im Haus ihr altes Kinderzimmer hergerichtet, wenn Julia bei ihnen übernachtete. Horst und Uschi gaben die Kleine auch schon mal für ein Wochenende ab. Dann war für die beiden Wellness angesagt.

4

»Ich schenke ihr das Bild, das ich in der Schule gemalt habe, das mit den Blumen. Da wird sie sich freuen, dann hat sie immer Blumen im Haus.«

»Sie freut sich bestimmt.«

Julia war schnell verschwunden und kehrte bald darauf mit dem Bild in der Hand zurück und zeigte es ihrem Papi.

»Das sind sehr schöne Blumen, die du gemalt hast.«

»In der Schule haben sie gesagt, dass ich gut malen kann.«

»Ja, das kannst du.«

»Die anderen haben aber auch was gemalt. Die Sonja hat eine große Wiese gemalt und eine Kuh. Marianne hat einen Clown gemalt.«

»Julia, geh ins Bad und putze dir die Zähne. Schließlich wollen wir dann ja auch gleich los.«

»Aber ich wollte dir doch noch erzählen, was die anderen gemalt haben.«

»Das erzählst du uns nachher auf der Fahrt. Dann haben wir Zeit, jetzt aber los, ab ins Bad.«

Julia ging mit ihrem Bild und hängendem Kopf auf ihr Zimmer. Dort legte sie es auf ihren kleinen Schreibtisch. Sie zog den Schlafanzug aus und ging ins Bad. Uschi hatte sich in der Zwischenzeit geduscht und cremte sich ein. Julia nahm ihre Zahnbürste und fing an, sich die Zähne zu putzen.

»Papi hat gesagt, dass ich ein schönes Bild gemalt habe.«

Uschi sah ihre Tochter an, verstand aber nur die Hälfte, da die Bürste in ihrem Mund steckte.

»Erzähle es mir, wenn wir nachher unterwegs sind. Wenn du mit den Zähnen fertig bist, nimm den Waschlappen und wasch dich ordentlich. Da liegt das Handtuch zum Abtrocknen. Ich lege dir gleich die Sachen raus, die du anziehen sollst.«

Dann ging sie ins Schlafzimmer. Horst hatte die Balkontür weit geöffnet. Nun stand Uschi nackt in dem schnell abgekühlten Zimmer. *Damit will er sich für das Wegziehen der Decke rächen*, war ihr erster Gedanke. Schnell schloss sie die Tür und zog sich an.

»Ich bin fertig im Bad, du kannst rein!«

Horst, der nicht nur den Kaffee fertig, sondern auch schon das Frühstück vorbereitet hatte, rief zurück: »Danke, ich komme. Schließe bitte die Balkontür, damit mir nicht wieder kalt wird. Küsschen.«

Wusste sie es doch, dass er das mit der Tür extra gemacht hatte. Sie ärgerten sich aber nicht wirklich, sie liebten sich und diese kleinen Späßchen. Keiner würde ernsthaft dem anderen schaden wollen. In aller Ruhe beendete er die Arbeit in der Küche und stellte den Kaffee warm. Die drei gekochten Eier steckte er in einen Kochhandschuh, dort blieben auch sie schön warm. Dann ging er ins Bad. Julia war noch dort und trocknete sich gerade ab.

»Machen Sie voran, kleines Fräulein, andere müssen sich auch noch waschen.«

Julia schaute ihren Papa an und sagte: »Die Mama hat gesagt, ich soll mich gründlich waschen, damit Oma und Opa nicht schimpfen, weil ich stinke.«

»Opa und Oma haben dich schon sehr oft stinkend bekommen. Ich weiß nicht, wie viele Windeln sie dir früher gewechselt haben, aber es waren schon einige. Nun aber los, sonst reibst du dir noch die Haut ab.«

Julia verließ das Bad, und Horst nahm eine Dusche. Bei ihm dauerte das nie lange. Er benutzte ein Shampoo für Haare und Body. Damit seifte er alles ein, ließ es kurz einwirken und spülte sich dann ab. Fertig.

Seine Haut war samtweich. Uschi schmierte sich jeden Tag mit einer Bodylotion und anderen Cremes ein, kam aber an die geschmeidige Haut von Horst bei Weitem nicht heran.

»Das liegt an den Genen. Meine Mutter hatte auch immer eine stumpfe Haut. Das habe ich wohl geerbt«, sagte sie immer, wenn er ihr vermitteln wollte, es genauso wie er zu handhaben. Duschen und fertig.

Als er ins Schlafzimmer kam, war die Tür zum Balkon natürlich weit geöffnet. Auch er verschloss sie schnell, ging dann in den Flur und rief in Richtung Küche, denn dort vermutete er seine Uschi.

»Danke, für die gute frische Luft. Es ist schön, dass du um meine Gesundheit so besorgt bist. Was stärkt einen Mann mehr, als kalte frische Luft?«

Uschi lachte laut auf.

»Tja, so sind wir Frauen. Immer um das Wohl unseres Ernährers bedacht.«

Am Frühstückstisch war diese kleine Neckerei aber schon kein Thema mehr. Vielmehr überlegten sie, was noch mitzunehmen war. In der Nähe des Wohnsitzes seiner Schwiegereltern gab es ein Thai-Massagestudio. Dafür hatte Horst Gutscheine erworben. Natürlich zwei, da die Schwiegermutter nie alleine in so ein Studio gehen würde. Inge war sehr konservativ.

»Was der Bauer nicht kennt, das frisst er nicht«, war einer ihrer Lieblingssprüche. Und so hielt sie es mit vielen Dingen des Lebens. Ernst, sein Schwiegervater, war da schon offener. Obwohl auch er nicht alles Gut hieß, was neu war. Sie hatten im Vorfeld miteinander gesprochen, ob er bereit sei, Inge zu dieser Massage zu begleiten.

»Für meine Frau mache ich alles«, war seine Antwort. Seine Augen leuchteten beim Begriff *Ganzkörpermassage*. Horst wusste natürlich, dass der Name nicht hält, was er verspricht, beließ seinen Schwiegervater aber in dem Glauben. Ernst und Inge waren noch sehr rüstig. Sie machten häufig Urlaub. Ernst musste nur noch zwei Jahre arbeiten, was bei einem Beamten ja eigentlich nicht viel hieß. Noch zwei Jahre die Ellenbogen strapazieren und versuchen durchzuschlafen. So vergeht der Tag am schnellsten.

Nach dem Frühstück machte die Familie sich fertig für die Geburtstagsfeier.

Außer Uschi, Horst und der kleinen Julia waren auch Uschis Bruder mit seiner Familie bei den Eltern angemeldet. Horst hatte kein gutes Verhältnis zu Wolfgang, dem Bruder von Uschi. Ein Mensch, der es mit der Arbeit nicht so ernst nahm. Seine Frau verdiente ja genug, da musste er doch nicht jeden Tag arbeiten.

Diese Denkweise konnte Horst nicht akzeptieren. Viele Stellenwechsel hatte Wolfgang schon hinter sich. Und immer waren die Arbeitgeber schuld daran. Mal war die Arbeit einfach zu viel, mal zu schwer oder der Chef konnte ihn nicht leiden.

»Man kann mich doch nicht einfach entlassen, nur weil ich in der Probezeit drei- oder viermal gefehlt habe. Schließlich bin ich keine Maschine.«

Mehrfach hatte er ihn angerufen und um Rechtsbeistand gebeten. Und immer wieder musste Horst ihm erklären, dass z.B. unentschuldigtes Fehlen eine fristlose Kündigung zur Folge haben kann, und dass die, gerade in der Probezeit, gerechtfertigt wäre und er ihm nicht helfen könne. Was dann zur Folge hatte, dass Uschi zu hören bekam: »Dein Mann ist eine tolle Hilfe. Hättest du mal einen Metzger geheiratet anstelle dieses Rechtsverdrehers, dann hätten wir wenigstens was zum Fressen. Mit seinen Paragrafen hilft er uns jedenfalls nicht weiter.«

Uschis Schwägerin Elfriede arbeitete als Kassiererin in einem großen Kaufhaus und nähte nebenher einfache Kleider für Bekannte, die etwas mehr Fülle hatten. Das waren einfache Kaftans, orientalische Umhänge, die auch als Nachthemden genutzt wurden. Damit verdiente sie sich etwas dazu, um über die Runden zu kommen. Horst hasste besonders die Sprüche, die Wolfgang zum Besten gab, wenn dieser von seinen Zukunftsplänen sprach und was er sich alles noch anschaffen wolle. Jeder in seinem Umfeld wusste, das Geld dafür würde seine Frau verdienen müssen. Zum Glück, dachte Horst, waren die beiden kinderlos. Warum Elfriede bei diesem Nichtsnutz blieb, war ihm schleierhaft.

»Kommt dein Onkel Alfred eigentlich heute?«, fragte er, als sie sich die Jacken anzogen.

»Ich glaube ja. Mutter hat es aber nicht ausdrücklich erwähnt.«

»Bitte bete, dass er kommt, damit ich wenigstens einen habe, mit dem ich mich vernünftig unterhalten kann.«

»Horst, bitte, es ist der Geburtstag meiner Mutter. Kümmere dich nicht um Wolfgang. Lass ihn links liegen. Und bitte keine politischen Diskussionen. Sollte er mal wieder arbeitslos sein, dann rege dich nicht auf. Das ist seine Sache, und wenn Elfriede das so akzeptiert, dann ist das ihre Sache.«

»Ja, ist ja gut. Ich werde nichts sagen.«

Uschi wusste nur zu gut, dass es dabei sicherlich nicht bleiben würde. Ihre Mutter hatte schon darüber nachgedacht, zwei Feiern zu veranstalten, um diese Spannungen zu vermeiden. Mit gemischten Gefühlen, aber mit dem Gutschein für die Thaimassage und dem Blumenbild, fuhren sie am frühen Morgen in die Eifel.

An einem Freitag sind die Autobahnen durch den Berufsverkehr sehr voll, und so benötigten sie fast drei Stunden für die Strecke von 180 Kilometer. An einem Sonntagmorgen hatte Horst diese Strecke auch schon in anderthalb Stunden geschafft. Horst und Uschi hatten sich heute einen freien Tag gegönnt. Eigentlich wollte er damit erreichen, dass sie heute alleine mit den Schwiegereltern wären. Doch daraus wurde nichts. Auf der Fahrt hielt Julia ihr Kinderbuch in der Hand. »Der kleine Pandabär geht auf Reisen«. Sie hatte vergessen, was sie ihren Eltern noch alles erzählen wollte. Uschi und Horst redeten nur wenig auf der Fahrt. Eine gewisse Anspannung war spürbar, wussten sie doch nicht, wie der Tag enden würde. Als sie das Ortsschild passierten, konnte es sich Horst nicht verkneifen, stärker auf die Bremse zu treten. »Nicht, dass wir wieder durchfahren.« Uschi kannte diesen Spruch, denn Horst brachte ihn jedes Mal. An der Kirche bog er in die kleine Straße, »Zur schönen Aussicht« ab, und nun ging es stetig nach oben. Das Haus ihrer Eltern lag auf einer Anhöhe.

Bei strahlendem Wetter konnte man von hier über viele Teile der Eifel sehen. Schneebedeckte Berge, tiefe Täler mit den kleinen Ortschaften und endlose Waldlandschaften.

»Ist es nicht schön hier?«, fragte Uschi, als sie den Wagen vor dem Haus ihrer Eltern geparkt hatten und die Aussicht genossen.

»Ja, ist ja gut. Es ist schön hier, aber eben auch einsam.«

»Wenn ich mal groß bin, dann will ich auch auf einem Berg wohnen.«

»Warum das denn?«, fragte Horst, überrascht von den Worten seiner Tochter.

»Dann kann ich die Berge und den Wald malen.«

Uschi und Horst sahen sich an und nickten sich zu.

»Da haben wir doch schon den Erben für das Haus? Dann können wir doch in der Stadt bleiben. Allerdings nur, wenn dein Bruder das Erbe nicht schon verscherbelt hat.«

»Horst, ich hatte dich gebeten, keinen Streit anzufangen.«

»Ich habe doch gar nichts gesagt.«

Ein anderer Wagen stand schon vor dem Haus. Ein großer BMW. Er gehörte Wolfgang und Elfriede. Horst parkte sein Auto daneben.

Sie beide fuhren Wagen der unteren Preisklasse. Städtewagen eben. Wenig Verbrauch und gut für kleine Parklücken. Durch die umklappbaren Rücksitze aber auch für größere Anschaffungen geeignet. Der

BMW war eher was für jemanden, der nicht auf den Benzinpreis achten musste. Wolfgang brauchte nicht darauf achten, das tat ja Elfriede. Er hatte nämlich schon seit geraumer Zeit keinen Führerschein mehr. Wie kann auch die Polizei genau an dem Abend eine Kontrolle durchführen, wenn er Kegeln hatte? Da er schon zweimal dieses »Glück« hatte, war die Aussicht auf einen erneuten Erwerb des Führerscheins eher gering. Und wieder war es Horst, der unfähig war, den Entzug des Führerscheins zu verhindern.

Die Haustür ging auf, und Uschis Mutter kam heraus.

»Da seid ihr ja endlich. Wir wollten schon eine Suchmeldung aufgeben.«

»Der Verkehr. Alle hatten mal wieder die gleiche Idee.«

»Hallo, ihr Lieben, dann kommt rein und ruht euch aus.«

»Oma, Oma. Ich habe dir was gemalt.«

Vor dem Haus sangen sie das Lied »Happy Birthday«, dann wurde Uschis Mutter von allen herzlich gedrückt. Auch Julia hatte mitgesungen, war in der Zwischenzeit aber auf Omas Arm, der es aber sichtlich schwerfiel, sie so zu halten. Horst nahm ihr seine Tochter ab.

»Du bist der Oma zu schwer. Bist ja auch schon ein großes Mädchen.«

»Oma, bald bin ich sieben Jahre. Schau mal mein Bild.«

»Julia, wir gehen jetzt erst mal rein, und dann zeigst du der Oma dein schönes Bild.«

»Ja, komm meine Kleine, ich habe auch frisch gepressten Orangensaft für dich.«

Horst stellte Julia wieder auf den Boden, dann gingen sie ins Haus. Horst mit gemischten Gefühlen. Im Wohnzimmer saßen Wolfgang und Elfriede bereits am Esstisch.

»Da seid ihr ja, dann können wir mit dem Essen beginnen.«

Bei diesen Worten haute sich Wolfgang selbst auf die Schenkel, so als wolle er seine Aussage damit bekräftigen. Uschi ging auf ihn zu und gab ihm die Hand. Dann begrüßte sie auch Elfriede. Beide machten keine Anstalten aufzustehen. Sie hatten die Plätze auf der Couch, und die wurden nun verteidigt.

Horst hatte sich schon des Öfteren den Spaß gemacht, sich dort hinzusetzen, wenn er vor ihnen da war. Nicht, weil er dort gerne saß, im Gegenteil, die Couch war ihm viel zu tief. Aber er wusste, dass Wolfgang gerne dort saß, um es sich nach dem Essen gemütlich zu machen. Manchmal schlief er dabei sogar ein und erwachte erst durch den Kaffeegeruch wieder.

Horst schaute sich um, aber Alfred, der Onkel von Uschi war nicht anwesend.

Auch das noch, mir bleibt aber auch nichts erspart, dachte er, behielt diesen Gedanken aber für sich. Nur keinen Streit, erinnerte er sich an Uschis Worte. Er winkte den beiden zu und setzte sich an ein Kopfende des Tisches. Und zwar so weit weg wie möglich von Wolfgang.

Allzu weit war es allerdings nicht, da es nur ein Sechser-Tisch war. So hatte er aber wenigstens Elfriede zwischen sich und ihrem Mann. Uschi war ihrer Mutter in die Küche gefolgt, um zu sehen, ob sie ihr helfen könne, was Elfriede nicht im Traum einfiel. Sie sei ja nur Gast und nur durch Wolfgang Familienmitglied geworden. Das war für sie Mitwirken genug.

»Wo ist denn Papa?«, fragte Uschi.

»Der kommt gleich, er ist noch eben ums Haus und holt aus der Garage noch etwas Bier. Du weißt doch, dein Bruder trinkt nach dem Kaffee auch gerne mal ein Bier.«

Kaum war das erklärt, kam er auch schon hinein, stellte das Bier in den Kühlschrank und gesellte sich zu den anderen ins Wohnzimmer.

Nachdem alle Platz genommen hatten, verteilte die Mutter den Kuchen. Sie hatte drei verschiedene Kuchen gebacken. Sie fragte jeden nach seinem Kuchenwunsch und legte dann entsprechend auf.

»Ich glaube, ich nehme gleich von jedem ein Stück. Dann weiß ich, was ich habe und brauche keine Angst zu haben, mal wieder zu kurz zu kommen.«

Wolfgang sagte, dass mit einer solchen Überzeugung, dass seine Mutter ihm wirklich weitere Stücke auflegen wollte.

»Nein, Mutter, war doch nur ein Scherz.«

Dabei klopfte er sich wieder auf die Schenkel. Horst sah Uschi an und verdrehte dabei die Augen. Den Blick, den Uschi ihm erwiderte, wusste er wohl zu deuten und regte sich wieder ab, ohne auch nur ein Wort gesagt zu haben. Nach und nach wurde die Kuchentafel geplündert, was die Mutter besonders freute. Schließlich hatte sie den Kuchen extra für ihren Geburtstag gebacken. Uschi ging zwischendurch mal in die Küche und holte frischen Kaffee.

»Oh, das ist aber aufmerksam, dann nehme ich auch gleich noch eine«, sagte Elfriede und hielt ihre Tasse hoch. Nun verdrehte Uschi die Augen, sagte aber genau wie Horst kein Wort. Stumm goss sie ihrer Schwägerin den Kaffee ein.

»Dann nehme ich auch noch eine, wenn du schon dabei bist.« Genau wie seine Frau hielt auch Wolfgang Uschi die Tasse entgegen.

»Möchte sonst noch jemand Kaffee?«

Als alle verneinten, goss sich Uschi selbst noch Kaffee nach. Gegen 16 Uhr war die Kuchentafel beendet. Uschi und ihre Mutter räumten ab, während ihr Vater an den Kühlschrank ging und für Wolfgang eine Flasche Bier holte. Horst wollte keins, da er noch fahren musste. Die beiden Frauen in der Küche redeten angeregt, während sie den Abwasch machten.

Horst und Uschi verabredeten, dass sie sofort nach dem Abendessen nach Hause fahren würden. Sie hatten zwar beide am nächsten Tag frei, doch Horst wollte es nicht mitbekommen, wenn Wolfgang sich betrank. Denn das tat er in den meisten Fällen. Seine Frau musste ja fahren, und er genoss sein Bier und ab und zu ein Schnäpschen wegen der Verdauung. Hatte er genug getrunken, begann er immer mit den Diskussionen: Arbeitsrecht, Arbeitslosenhilfe, Ausländerunterstützung und weitere Themen, bei denen er glaubte, zu kurz zu kommen gegenüber anderen Menschen in diesem Land.

Horst hatte Uschi signalisiert, es sei jetzt an der Zeit zu fahren. Uschi stimmte zu, obwohl sie selbst gerne noch etwas geblieben wäre. Vor der Tür der Eltern sagte ihre Mutter: »Schade, dass ihr schon wieder fahrt. Wollt ihr nicht doch noch etwas bleiben?«

»Nein, Inge, es wird bestimmt viel Verkehr auf den Straßen sein, und es wird ohnehin dauern, bis wir zu Hause sind. Und Wolfgang hat es doch gleich schon wieder hinter sich. Bevor es zum Streit kommt, möchte ich lieber fahren.«

Inge nickte nur und entließ die beiden samt Enkelkind für ihre Heimfahrt. Nachdem sie die erste Kurve hinter sich gebracht hatten, sagte Horst: »Ob ich mir das noch mal antue, weiß ich nicht. Der Typ, entschuldige, ich meine dein Bruder, ist so schräg mit seinen Gedanken, das halte ich nicht aus. Seine Meinung zu unserem Sozialnetz oder über unsere ausländischen Mitbürger ist unerträglich. Er selbst ist so eine faule Sau und überlässt alles der Elfriede, die mir eigentlich leid tut.

Aber sie ist ja selbst schuld. Warum macht sie das mit?«

»Ach, Horst, bitte, rege dich nicht auf. Er ist nun mal so, wie er ist. Wir werden ihn nicht ändern. Lass die beiden, wie sie sind. Und glaube ja nicht, dass ich mit so einem Bruder glücklich bin, aber Elfriede ist auch nicht ohne. Spielt die Grande Dame im Haus meiner Mutter. Zu fein, um den Kaffee zu holen oder sich die Hände beim Abwasch zu beschmutzen. Du siehst, auch ich habe Grund, mich zu ärgern. Aber ich lasse es, wie es ist, ohne mich darüber aufzuregen. Sie sind, wie sie sind. Gut, dass wir jetzt weg sind, da kommt wieder Ruhe in unser Leben. Ach Schatz, ich bin so froh, einen Mann zu haben, der all diese Tugenden meines Bruders nicht hat.«

»Und ich bin glücklich, dass ich dem Kerl nur zweimal im Jahr begegne.«

Die Dunkelheit war hereingebrochen. Nebel bildete sich. Horst drosselte die Geschwindigkeit, da die Landstraße schon bei Tageslicht uneinsichtig war. Viele Kurven und eine Berg- und Talfahrt machten diese Straße sehr gefährlich. Trotz eingeschaltetem Nebellicht war die Streckenführung kaum zu sehen.

Fast 12 Stunden Fahrt hatte er hinter sich. Er wollte jetzt schnell nach Hause und das Wochenende genießen. Der LKW, ein Kipplader, der Kies vom nahe gelegenen Baggersee nach Hamburg transportierte, war zwar noch beladen, doch die Fuhre ging erst am Montag auf die Reise. Der Fahrer war erkältet. Auch er hatte, trotz der Eile nach Hause ins Wochenende zu kommen, ebenfalls die Geschwindigkeit gedrosselt. Obwohl er jede Kurve kannte, achtete er nun aufmerksamer auf die Straße. In einer Linkskurve musste er niesen, mehrmals hintereinander. Er verriss dabei das Steuer und trat auf die Bremse. Die Ladung drückte den Wagen jedoch weiter nach vorne, und er kam von der Fahrbahn ab. Nur für wenige Augenblicke sah er das ihm entgegenkommende Auto.

»Mein Gott, haltet euch fest, da kommt ein LKW auf uns zu«, rief Horst hinter seinem Steuer. Im selben Moment prallten LKW und PKW zusammen. Der letzte Versuch, nach rechts auszuweichen, half nicht mehr. Horst hörte noch die Schreie von Julia und Uschi, dann wurde es still um ihn.

Selbst nur leicht verletzt, rief der Fahrer des Lasters den Rettungsdienst. Es verging eine unendliche Zeit, bis dieser eintraf. Der LKW-Fahrer bemühte sich so gut er konnte, und leistete Erste Hilfe. Der Frau und dem Kind band er je ein Bein ab, um so die Blutungen zu stoppen. Für das Kind hatte er seinen Gürtel genommen. Für die Frau hatte er sein Hemd zerrissen. Aber als er den Mann aus dem Wagen zerrte, musste er feststellen, dass dieser nicht mehr atmete. Sofort begann er mit der Reanimation.

Was für ein Glück, dass sein Chef, trotz aller Schwierigkeiten, die der Betrieb hatte, ihn noch zu einem Auffrischungskurs geschickt hatte. Erst vor 14 Tagen, an einem Samstag, hatte dieser Kurs in einer Schule stattgefunden. Er fluchte damals, so wie viele andere Kursteilnehmer auch, weil es ja ein freier Tag war, der obendrein nicht bezahlt wurde.

Freiwillige Hilfe hieß die Kampagne, an der sich einige Unternehmen und Schulen beteiligten. Nun war er froh, den Lehrgang besucht zu haben, und half, so gut er konnte. Nach dem Eintreffen des Rettungsdienstes wurde auch er versorgt. Er war nicht angeschnallt gewesen und so im Führerhaus umher gewirbelt worden. Prellungen, hieß die erste Diagnose. Später stellte sich heraus, dass vier Rippen gebrochen waren.

Was war nur los? Warum konnte er seine Augen nicht öffnen. Die Lider wurden von irgendetwas festgehalten. Er konnte auch nicht sprechen, sich nicht bewegen. Was hatte man mit ihm gemacht? Hatte man ihn gefesselt, geknebelt und ihm die Augen verbunden?

Was waren das für Geräusche, die er hörte? Es hörte sich an, als wäre man in einem Computerraum. Hier ein Blip und da ein Piep. Und dazu ein Geräusch, ähnlich eines Staubsaugers. Jemand sollte endlich den Computer abschalten und der Putzfrau sagen, sie solle

Feierabend machen? In seinen Überlegungen hinein, hörte er Geräusche. Wenig später wurde eine Türe geöffnet und Schritte waren zu hören. Dazu Stimmen. Eine Frau und ein Mann unterhielten sich.

Hallo? Hallo! Wer ist da?

»Wie sind seine Werte Schwester?«
»Unverändert. Leichter überhöhter Zuckerwert. Sein Urin hat einen überböten Keratin wert. Die anderen Werte sind im höheren, aber normalen Bereich.«
»Tja, irgendwie müssen sich die Medikamente ja bemerkbar machen. Ohne sie wäre er aber wahrscheinlich schon längst über die Wupper oder sagt man über den Jordan Schwester Astrid?«
»Ich glaube über den Jordan Herr Doktor Lange.«
»Aber davon ist er ja noch etwas entfernt, wenn auch nicht so weit. Ist schon ein armer Kerl. Sollte er je wieder aufwachen, wird er bis an sein Lebensende im Bett, bestenfalls im Rollstuhl verbringen müssen.«
»Ich weiß nicht, ob ich so leben wollte?«, sagte die Schwester, und war sich im gleichen Moment sicher, das sie es nicht wollte.
»Darüber entscheiden Gott sei dank andere. Mein Eid verlangt es, das ich ihn am Leben halte. Und das tue ich. Meine Meinung muss mit diesem Eid nicht immer übereinstimmen.«

He Leute, wer redet da, wer seid ihr und vor allem, über wen reden ihr?

Als die Türe erneut geöffnet wurde, betrat eine Frau den Raum und die beiden unterließen es, sich darüber zu unterhalten, wie es denn nun heißt, wenn einer ins Gras beißt.

»Guten Tag, Frau Kroll. Wie geht es Ihnen?«

Wer spricht da? Ich bin nicht Frau Kroll, ich bin Herr Kroll. Und ich will, dass mir diese Augenbinde abgenommen wird und ich endlich wieder sprechen kann!

»Ach, es geht schon Herr Doktor Lange. Sie sehen ja, mit dem Rollator kann ich mich wenigstens etwas bewegen.«

Uschi, Uschi, bist du das? Komm bitte zu mir. Bitte. Ich bin hier! Wieso hast du einen Rolator? Mit wem sprichst du da? Wenn ich dich auch nicht sehen kann, aber du musst mich doch sehen können?

»Ja, wir sind froh, dass wir Ihre Beine retten konnten. Ihre Tochter hatte auch großes Glück im Unglück. Dass sie alle überlebt haben, ist ein echtes Wunder.«
»Mein Mann hat in letzter Sekunde noch das Steuer herumgerissen, dadurch wurden wir von dem LKW

nur an seiner Seite voll getroffen. Er hat uns das Leben gerettet und seines dadurch fast verloren.«

Uschi! Bitte sag mir, was mit dir ist, was ist mit Julia, was ist mit mir? Warum kann ich dich hören, aber nicht mit dir sprechen? Wer ist der Mann, mit dem du sprichst? Wo sind wir hier? Uschi, was ist los?

»Ich bin so froh, dass Sie es ermöglicht haben, uns alle hier im Sankt Marien Krankenhaus unterzubringen.«

Im Krankenhaus? Wir sind also in einem Krankenhaus, ja?

»Bei Ihrem Mann war es ja relativ einfach, ihn hier zu stationieren. Er hängt an medizinischen Geräten und wird so am Leben erhalten. Das kann heute fast jede Klinik. Bei Ihnen und Ihrer Tochter stellte sich das schon schwieriger dar. Amputationen und Transplantationen sind nicht immer vereinbar mit ein und derselben Klinik. Maßgeblichen Anteil hat hier vor allem Professor Kollenburg von der Eifelklinik, der Ärzte aus anderen Kliniken zusammengerufen hat, um das zu bewerkstelligen.«
»Ich weiß gar nicht, wie ich das wiedergutmachen soll. Dem Professor, den dortigen Ärzten und dieses Haus, sie, alle haben uns so viel geholfen.«
»Wir versuchen doch hier nur den Heilungsprozess weiter zu führen. Den Grundstein dazu hat die

Eifelklinik gelegt. Aber ich stimme Ihnen zu, sie haben sehr gute arbeit geleistet.«

»Ja, aber ich habe erst hier wieder gelernt, meine Beine zu bewegen.«

»Glauben Sie mir Frau Kroll, wir sind so froh, das wir die 360 Grad Klink in unserer Nähe haben und mit denen so gut kooperieren können. Eine bessere Orthopädische Klinik gibt es weit und breit nicht.«

Wem wurde was amputiert? Und wer hat eine Transplantation bekommen? Redet ihr über mich? Oder hast Du etwas verloren, Uschi? Was ist mit meiner kleinen Julia, was ist mit ihr, wie geht es ihr? Sag es mir, bitte sag mir doch endlich, was los ist.

»Doktor sehen Sie mal, sein Puls ist schneller geworden. Sein Blutdruck ist ebenfalls etwas angestiegen.«

»Horst, Horst, kannst du mich hören? Bitte gib uns ein Zeichen. Horst bitte!«

»Ja, Schwester Astrid, diese Reaktionen haben wir schon oft an Patienten erlebt. Da denkt man an eine Besserung, die jedoch rein funktionell ist. Das soll heißen, der Körper zeigt Reaktionen, die durch die schwachen Reizströme aus dem Gehirn kommen. Ist so eine Art Zucken des Körpers, nur in anderer Form. Ich hoffe, Sie verstehen, Frau Kroll, dass ich das so sagen muss. Ich möchte keine falschen Hoffnungen wecken.«

»Das verstehe ich, und doch hofft man auf jede Regung.«

Sollte ich es sein, über den ihr da redet, dann sage ich euch, von wegen zucken. Ich höre euch, und ich rege mich auf. Ich lebe, und ich will wissen, was mit meiner Tochter ist. Uschi, bitte komm zu mir und nimm mir endlich diese verdammte Augenbinde ab.

»Wir werden auch weiterhin alles Mögliche unternehmen, um Sie und Ihre Tochter auf dem Weg der Genesung zu begleiten. Bei Ihrem Mann wird das allerdings ein sehr langer Weg. Und wo dieser Weg endet, das liegt im Moment nicht in unserer Hand.«

Was bedeutet das denn jetzt schon wieder? Warum soll ich einen anderen Weg gehen als Uschi und Julia. Ich bin doch überhaupt nicht in der Lage, mich zu bewegen. Macht die Fesseln ab, dann gehe ich gemeinsam mit meiner Frau und meiner kleinen Sonne Julia. Wo ist die überhaupt? Uschi, wo ist Julia? Uschi, verdammt, warum hört mich den keiner?

»Ich danke Ihnen, Herr Doktor Lange, wie schon gesagt, ich bin froh, dass wir hier untergebracht sind.«

»Ist aber auch eine gute Privatversicherung, die Sie da haben, Frau Kroll. Andere hätten vielleicht nicht so kooperiert.«

»Ja, heute bin ich meinem Mann doppelt dankbar, dass er sich damals durchgesetzt hat, als wir über solche Dinge gesprochen haben. Ich fand das einfach zu teuer und dachte, dass eine normale Absicherung reichen würde. Uns wird schon nichts Besonderes passieren, habe ich immer gesagt. Ach, Horst, du hast sooft recht gehabt mit deinen Vorschlägen. Wie oft hatte ich Zweifel mit dem, was du sagtest. Jetzt bin ich froh, dass du das so gemacht hast, mein armer Schatz.«

Ja, dass du das Mal einsiehst. Wenn du mich schon lobst, dann helfe mir, aus dieser mir nicht bekannten Situation heraus zu kommen. Mach etwas! Ich möchte sehen, reden, mich bewegen. Uschi, bitte mach was!

»Wir lassen Sie jetzt noch ein wenig mit ihrem Mann allein. Bitte bleiben Sie aber nicht zu lange. Sie brauchen selbst noch sehr viel Ruhe. Ihr Mann ist ja bestens versorgt.«

»Ja, danke, nur noch ein paar Minuten, dann gehe ich wieder auf mein Zimmer.«

»Gute Nacht, Frau Kroll.«

»Ja, Ihnen beiden auch eine gute Nacht und nochmals vielen Dank für alles.«

Ja, auf Wiedersehen. Ich bin also in einem Krankenhaus, scheinbar unbeweglich, hänge an Geräten und bin jetzt mit Uschi alleine. Glaube ich. Der Arzt hat gesagt, ich sei bestens versorgt. Versorgt mit was? Ach, Uschi, mein Liebes, bitte sage mir doch endlich, was los ist? Was ist mit euch, mit mir? Bitte, ich möchte es wissen. Ich weise sehr ungern darauf hin, dass es mein Recht ist, liebe Uschi, alles zu erfahren, was mit mir ist. Bitte verstehe mich nicht falsch, aber ich musste das jetzt mal erwähnen!

»Mein Liebster. Bitte werde wieder gesund. Wir brauchen dich doch noch ganz lange. Bis morgen, mein Schatz. Dann bringe ich Julia mit. Sie darf morgen das erste Mal aufstehen. Natürlich will sie zu ihrem Papa. Ich habe ihr erklärt, dass du im Moment einen tiefen Schlaf machen musst, um wieder gesund zu werden.«

Uschi, hör doch zu, ich schlafe nicht. Ich bin hellwach. Warum erkennst du das nicht? Bitte rede weiter. Geh nicht weg, lass mich nicht allein. Uschi, Uschi!

»Gute Nacht, mein Schatz.«

Ich höre einen Kuss. Uschi, hast du mich geküsst? Jedenfalls war das Geräusch, das ich gehört habe, ein Kuss-Geräusch. Warum weiß ich nicht, wo du mich geküsst hast? Warum spüre ich deinen Kuss nicht? Oder hast du nur die Lippen zu einem Kuss geformt und mir einen Luftkuss geschickt? War das die Türe? Ist jetzt noch jemand da? Hallo, hört denn keiner mein Rufen? Nein, wahrscheinlich nicht, denn ich höre mich ja selbst nicht.

Er fing an, das, was er gehört hatte, in eine Reihenfolge zu bringen, um seine Situation besser einschätzen zu können.

Meine Frau, meine Tochter und ich sind in einem Krankenhaus. In welchem ist auch klar. Sie haben Marien-Hospital gesagt. Der Arzt, der eben hier war, heißt Dr. Lange. Der Professor in der Klinik heißt Kollenburg. Wir sind hier, weil wir in der Eifel einen Unfall hatten. Einen Unfall, aber alle haben überlebt. Ich kann mich aber an keinen Unfall erinnern. Wann war der? Uschi sagte, dass ein LKW uns getroffen hat. Sie wurde an den Beinen operiert. Auch Julia wurde verletzt, aber was hat sie bei dem Unfall erlitten? Wem ist was amputiert oder implantiert worden?

Horst stellte sich noch viele Fragen, auf die es keine Antworten gab.

Morgen kommt sie, meine kleine Julia. Meine kleine Sonne. Dann werde ich sie fragen, was mit ihr ist. Ach, fragen kann ich sie ja nicht. Ich kann ja nicht sprechen. Verdammt, könnte ich doch wenigstens sprechen.

Nun erinnerte er sich an die Anmerkung der Schwester, dass sich sein Puls und Blutdruck geändert hatten, als er sich aufregte.

Ich bin also an ein Gerät angeschlossen. Damit messen sie Puls, Herzschläge und Blutdruck. Die Schwester hat vorhin gesagt, dass meine Werte sich etwas verändert haben, als gesprochen wurde. Da habe ich mich ja auch aufgeregt. Also, wenn jemand da ist und spricht, dann werde ich versuchen, mich aufzuregen. Das Gerät wird anzeigen, dass ich alles mitbekomme. So müssen sie es irgendwann merken, dass ich wach bin. Wenn sie mir dann auch noch die Augenbinde abnehmen, werden sie erkennen, dass ich nicht schlafe. Ja, so werde ich es machen. Ich brauche jetzt nur noch zu warten, bis sie kommen. Damit stellt sich allerdings die Frage: Wann werden sie wiederkommen? Uschi hat mir eben eine gute Nacht gewünscht. Also ist es jetzt abends. Früher Abend oder später Abend? Maximal werde ich wohl acht Stunden warten müssen. In einem Krankenhaus wird immer sehr früh gefrühstückt. Wenn es also Frühstück gibt, dann weiß ich, dass es Morgen ist. Bekomme ich überhaupt Frühstück? Ich kann nicht sprechen, kann ich schlucken? Ich sollte versuchen, wirklich etwas zu schlafen, damit ich genug Kraft habe, mich morgen bemerkbar zu machen.

Horst entspannte sich, jedenfalls gedanklich. Doch an Schlaf war nicht zu denken. Kaum, dass er die Gedanken an sein weiteres Handeln losgelassen hatte, hörte er die Geräte wieder eindringlicher. Den vermeintlichen Staubsauger, der mal saugte und mal blies. Diesen Piep-Apparat und weitere summende Geräusche, die er nicht deuten konnte.
So lag er da und wartete auf den Morgen.

Eine Tür wurde geöffnet. Dieses Geräusch hatte er schon gestern gehört und konnte es jetzt zuordnen. Kurz zuvor war er erwacht. Die Müdigkeit hat, überwiegt und die Geräusche verstummen lassen. So war er eingeschlafen. Nun war er wach und die Geräusche mit all ihren Facetten wieder da.
Jemand betrat das Zimmer. Er hörte Schritte, dann Geräusche. Diese Geräusche konnte er nicht zuordnen. Dann fiel ihm seine Methode ein, um Aufmerksamkeit zu erzeugen. Schnell begann er sich vorzustellen, er würde noch lange so liegen müssen. Schon wurde sein Puls schneller. Das Piepen, erzeugt vom Pulsmessgerät, wurde schneller. Während dieser Phase hörte er auch schon wieder Schritte und das Öffnen und Schließen einer Tür.
Dann war wieder Ruhe.

30

Ruhe, außer den Geräuschen der Geräte. Enttäuscht über seine späte Reaktion ließ er sich in Gedanken wieder zurückfallen.

Wie lange er da lag und darauf wartete, dass wieder Jemand reinkommt, damit er sein »Bemerkbarmachprogramm« abspielen könnte, weiß er nicht.

»Guten Morgen. Heute gibt es eine gründliche Wäsche und frisches Bettzeug. Wir hoffen, der Herr hat gut geschlafen und freut sich über ein wenig Abwechslung?«

Sie wollen mich waschen. Es sind mindestens zwei, da sie wir gesagt hat. Bitte lasst mich aufstehen, ich würde mich lieber gerne selbst waschen.

»Eva, nimm du schon mal die Bettdecke ab, ich nehme das Kissen.« Und Sekunden später: »so, mein Lieber, jetzt liegst du einen Moment etwas gerade im Bett. Aber keine Sorge, du bekommst es wieder.«

Was macht ihr? Mir wird schwindelig. Bitte hört auf, das ist nicht gut. Ich will das nicht. Ihr wisst doch, dass ich privat versichert bin, also nehmt Rücksicht auf meine Wünsche.

»Sieh mal, Astrid, sein Puls wird schneller.«

»Ja, das Blut steigt jetzt in den Kopf. Das wird den Druck erhöhen. Und weil das Gehirn nicht mitbekommt, was hier los ist, bekommt er so eine Art Schock. Legt sich gleich wieder. Wirst du alles noch lernen.«

Astrid stellte sich an das Kopfende vom Bett und sagte: »Eva, ich erkläre dir nun, wie wir vorgehen. Wir werden gleich zusammen erst den Körper auf die linke Seite drehen und das schmutzige Bettlaken an den Körper schieben. Danach werden wir ihn wieder flach legen und ihn dann auf die rechte Seite drehen. Dann können wir das Bettlaken entfernen. Vorher werden wir den Herrn aber waschen. Sonst würde das frische Laken ja schon wieder beschmutzt.«

Ich sagte doch schon, ich möchte das alleine machen.

»Geh mal auf die andere Seite vom Bett. Das Wichtigste, worauf man jetzt achten muss, ist der Beatmungsschlauch. Im Hals sitzt die Trachealkanüle. Sie hält den Schlauch in der Position, dass der Patient darüber beatmet werden kann, aber auch keine Schäden in der Luftröhre anrichtet. Die darf sich auf keinen Fall bewegen. Sonst kann es sein, dass uns der Patient erstickt oder innere Blutungen hat, was ebenfalls zum Tode führen kann. Dann ist unser guter Mann hier zwar sauber, lebt aber nicht mehr.«

Schwester Astrid konnte sich ein Kichern nicht verkneifen, als sie sah, wie sich ihre neue Gehilfin an den Hals fasste.

»Keine Sorge, wir machen es so, dass er überlebt.«

Was heißt das alles? Welcher Schlauch steckt in meinem Hals? Werde ich künstlich beatmet? Und wenn ja, warum? Ist der Staubsauger, den ich da ständig höre, ein Beatmungsgerät?

Noch während Horst sich diese Fragen stellte, machten die beiden Schwestern weiter. Nicht wirklich beruhigt sah und hörte Schwester Eva der erfahrenen Schwester Astrid weiter zu.

»Siehst du am Hals den Eingang? Auch der sollte sich nicht bewegen. Darüber bekommt der Patient seine Medikamente. Normalerweise ist der ja am Handgelenk. Bei Langzeitkranken oder Komatypen wie bei unserem Herrn hier, setzen wir den am Hals an. Wirkt schneller, wenn er mal einen Zuschuss benötigt, und stört nicht zu sehr bei der Handhabung wie jetzt.«

»Was bedeutet das, einen Zuschuss bekommt?«

»Hier und da bekommen unsere Patienten schon mal Keime, wo wir nicht wissen, wo sie die herhaben. Dann muss auch schon mal Antibiotika gespritzt werden, und hier wirkt es dann schneller. Oder ein Patient wird zu unruhig, da muss die Schlafinfusion ebenfalls schnell wirken. Den Zulauf werden wir schließen, dann können wir den Infusionsschlauch abnehmen und ihn nach dem Putzen wieder anschließen.«

»Wofür ist denn der Eingang am oberen Handgelenk?«

»Das ist ein kleiner Katheder-Eingang für die Sonde, die den Blutdruck misst. Radiale Arteria Brachiales, so der Fachausdruck. Der graue Schlauch geht zu dem Gerät, was den Blutdruck anzeigt und so wird er auf diese Weise ständig gemessen. Wir verzichten damit auf die Armbinde. Ist ja auch sicherlich nicht so recht zu handhaben bei den speziellen Patienten.«

»Was ist mit dem Schlauch, der in die Nase geht?«

»Der kommt auch raus. Weißt du, für was der gut ist?«

»Zusätzlichen Sauerstoff, oder?«

»Nee, der ist für die Versorgung. Wenn unser Herr hier auch so gut wie nichts macht, so braucht er trotzdem Nahrung. Und die bekommt er über diese Magensonde.«

»Das heißt, der Schlauch geht bis in den Magen?«

»Genau, Füttern ohne Kauen und Schlucken.«

Mit diesen Worten hatte Astrid den Schlauch aus der Nase gezogen und ihn in den Mülleimer geworfen, in dem auch die anderen Materialien gelandet waren, die entsorgt werden mussten. Der mitgebrachte Wagen hatte nicht nur einen Mülleimer an der Seite. Er war ausgerüstet mit allem, was ein Patient benötigt, wenn er neu versorgt werden musste.

»Denke daran, wir trennen hier den normalen Müll von dem Müll, der mit dem Patienten direkten Kontakt hatte. Das ist Patienten-Sondermüll. Bitte unbedingt beachten.«

Erst als Eva nickte und damit anzeigte, dass sie es verstanden hatte, fuhr Astrid mit den Erklärungen fort. »Wie du siehst, wird der Patient nach und nach von den Kabeln befreit. Dann lässt er sich besser aufrichten. Ist wie zu Hause mit der Bodenreinigung. Mal wischt man so durch, ein anderes Mal werden die Stühle und sonstiger Kram vom Boden entfernt, und man kann gründlich putzen.«

Eva schaute verwundert zu ihr herüber. Eine Patientenreinigung mit einer Bodenreinigung zu vergleichen war ihr dann doch zu abstrakt, sie sagte aber nichts.

»Nimm ihm bitte die Fingerklammer ab. Schalte aber vorher die Überwachung von dem Gerät ab, sonst wird im Schwesternzimmer Alarm ausgelöst. Muss ja nicht sein, dass wir zusätzlichen Stress erzeugen. Wie du siehst, ist hier genug, zu tun, auch ohne Zusatz Aktivitäten.«

Jetzt ist Schluss, ich lasse das nicht über mich ergehen. Wieso bin ich überhaupt verkabelt? Bin ich auch noch als Versuchskaninchen hier? Kabel, künstliche Beatmung, Zulauf, wie bei einer Wasserleitung im Haus. Wahrscheinlich habe ich auch einen Ablauf. Und die Klammer an meinem Finger für den Puls. Lasst ihn doch ab, ich bin froh, wenn ich die ganzen Geräusche nicht mehr hören muss.

Horst hörte nun weniger. Kein Blip und kein Piep mehr. Nur der Staubsauger atmete weiter ein und aus und natürlich das Gespräch der beiden Schwestern. So langsam dämmerte es ihm, dass er in einer prekären Lage war.

Sie haben von einem Koma-Typen gesprochen. Damit bin ja dann wohl ich gemeint. Aber ich bin doch gar nicht im Koma. Ich kann hören und denken. Und wenn man mir die Augenbinde abnehmen würde, so könnte ich wohl auch sehen.

»Jetzt sind die Verbindungen zu seiner Lebenswelt gekappt, ohne dass er uns wegstirbt. Nun geht es erst mal ans Reinigen. Ich habe immer eine kleine Sprayflasche mit 4711 in der Tasche. Das sprühe ich dann auf meinen Mundschutz, dann riecht man es nicht so.«
Sie holte ein kleines Fläschchen aus der Tasche und bespritze ihren Mundschutz. Dann ging sie zu ihrer Kollegin und bespritze auch den ihren. »Er bekommt zwar nur Nahrung über die Nase, aber die kacken wie die kleinen Kinder.« Kaum hatte sie das gesagt, öffnete sie dem Patienten die Windel.

»Wie du siehst, habe ich recht. Ich sage immer, er ist nicht nur beschissen dran, er ist auch so. Jetzt weißt du auch, warum wir die Einmal-Handschuhe haben. Es ist nicht immer ein sauberer Job, den wir haben.«

Eva verdrehte die Augen, als sie die grün-braune Masse sah.

»Der hier geht noch. Da gibt es viel Schlimmere. Wirst du auch noch sehen und vor allem noch riechen. Denk also an die Parfümflasche.«

Eva nickte ihr zu und begann mit der Reinigung.

»Die Vorderseite wird jetzt nur grob gewaschen. Wir drehen ihn danach erst mal auf die Seite und reinigen ihm die Unterseite. Achte darauf, dass eine Hand sein Kinn stützt, und die andere greift hinten unter seinen Rücken.«

»Ich bin so weit.«

»Gut, dann hoch mit ihm. Ich halte ihn jetzt fest, während du ihn gründlich wäschst. Dann legen wir ihn wieder zurück.«

He, mir wird schon wieder schwindelig, was macht ihr nur? Wer hat euch erlaubt, mich auszuziehen? Ich möchte nicht nackt vor euch liegen. Deckt mich wenigstens zu.

Es war ihm sehr peinlich, als er hörte, dass er sich verunreinigt hatte. Dass sie ihn in seinem Unrat auch noch gründlich betrachten, ja seinen Unrat auch noch beschrieben, das war für ihn fast unerträglich. Er war sehr aufgeregt.

Jetzt müssten sie doch meine veränderten Werte sehen. Bitte hört auf, euch über meine Unpässlichkeit zu unterhalten, sichtet lieber die Geräte.

Dann aber wurde ihm bewusst, dass ja die Kabel entfernt und die Geräte abgeschaltet waren. Auch die Puls-Messungen waren weg. Seine ganze Aufregung würden sie also nicht sehen können. Enttäuscht fiel er in sich zusammen.

»So ist es gut. Reibe ihn mit der Bodylotion ein, damit der liebe Mann seine samtweiche Haut behält, wenn er sich mal wieder auslässt.«

Horst bemerkte, dass er nichts bemerkte, und spürte, außer dem Schwindelgefühl.

»Wir drehen ihn jetzt auf die andere Seite und wie schon erwähnt, die Beatmung ist äußerst empfindlich. Ich halte ihm wieder den Kopf und zieh ihn zu mir, dann entfernst du das schmutzige Laken. Danach wird er wieder zurückgelegt.«

Eva machte alles, was ihr die Schwester sagte, und Horst war rasch gereinigt.

»Jetzt wenden wir uns seiner Vorderseite zu. Vorher wechseln wir aber die Handschuhe. Kolibakterien sind die schlimmsten Bakterien. Nach solch einer Reinigung unbedingt die Hände desinfizieren. Immer, Kindchen, sonst liegst du bald neben ihm.«

Nachdem sich beide die Hände gewaschen, desinfiziert und neue Handschuhe angezogen hatten, widmeten sie sich wieder dem schmutzigen Menschen.

»Wasch du seinen Oberkörper, ich widme mich seiner unteren Hälfte.«

»Das ist gemein. Da hätte ich ihn auch gerne mal gewaschen.«

»Keine Sorge Eva, bis du deine Ausbildung beendest, wirst du so viele Glieder gewaschen haben, dass dir der Spaß daran verloren gegangen sein wird. Aber komm, wir waschen ihn da gemeinsam.«

Geht ihr wohl von meinem besten Stück weg. Das ist kein Versuchsobjekt. Und woher wollt ihr wissen, dass ich nicht doch was spüre? Hören kann ich euch doch auch!

Die beiden Schwestern machten sich nun einen Spaß daraus, ihn dort gründlich zu säubern. Dabei kicherten und lachten sie. Astrid erzählte, was sie alles schon bei solchen Aktionen gesehen hatte. Eva wurde verlegen, freute sich aber auf zukünftige Reinigungen in dieser Region. Eine Weile hörte Horst nur Geräusche. Die beiden Schwestern hatten aufgehört zu reden und zu seiner Beruhigung auch aufgehört zu lachen.

»Jetzt beziehen wir wieder das Bett, und zwar in umgekehrter Reihenfolge, wie wir es abgezogen haben.

Gut, dass er nicht so schwer ist. Intravenöse Ernährung hat auch seine Vorteile.«
»So habe ich das noch gar nicht gesehen«.

Intravenöse Ernährung. Also kein Frühstück und auch keine Zeit. Wie spät werden wir es wohl haben? Uschi hatte gesagt, dass sie heute Morgen wiederkommt. Oder hatte sie nur gesagt, dass sie heute wiederkommt?

Währenddessen hatte er mitbekommen, dass er wieder in seiner alten Position lag. Seine Schwindelgefühle waren verschwunden.

»So, nun ziehen wir unserem Baby wieder an. Damit unser kleiner Scheißerle nicht in das Bett macht.«
Beide lachten und hoben den Po des Patienten hoch.
»Ist aber ein großes Baby Astrid.«
»Ja und prächtig entwickelt, wie wir sehen können.«
Sie legten ihm eine Windel unter dem Po, ließen sie oben aber noch auf. Denn der Katheder musste ja auch wieder eingeführt werden. Windeln mit einer verschließbaren Öffnung für den Katheder. Dadurch konnte man die Windeln wechseln, ohne den Schlauch wieder zu entfernen. Was ein Kostenfaktor beinhaltete und eine Schwester zeit abverlangte. Und die musste begrenzt werden.

Hört auf zu lachen! Das ist doch kein Spaß mehr, was ihr mit mir anstellt. Auch wenn ich ein Patient bin, der scheinbar nichts spürt, so steht im Gesetzbuch, dass die Würde des Menschen unantastbar ist. Da steht nicht, dass es ausgesetzt wird, wenn der Mensch einem hilflos ausgeliefert ist. Hört also auf, an mir herumzutasten, denn das ist alles andere als würdevoll.

»Eva, hol aus dem Wagen einen Kathederpaket. Unser lieber Mann wird nun auch noch pinkelfest gemacht.«
Sie tat wie ihr geheißen und holte das entsprechende Päckchen. Schwester Astrid riss es auf und besprühte den Schlauch mit einem Desinfektionsspray.
»Eva, das ist ein Katherderschlauch, wie du dir denken kannst. Den Alten haben wir ihm ja entfernt. Nun bekommt er einen Neuen. Dazu nimmt man den Penis in die Hand, drückt oben an der Eichel etwas zusammen. Dadurch wird die Harnröhre geweitet. Mit der Kanüle spritzt man diese Flüssigkeit hinein. Sie ist Gleit- und Betäubungscreme zu gleich. Dann merkt der Patient die Einführung kaum. Nun komm und mach es.«
Eva sah Astrid an und wollte nicht glauben, was sie gerade gehört hatte.
Sie sollte den Katheder setzen. Ihren ersten Katheder bei einem Mann. Bei Frauen hatte sie ihn schon mehrmals gesetzt. Das war einfach, doch bei einem Mann? Eva schien verunsichert.

»Nun komm, ist nicht anderes als bei Frauen, nur das die Öffnung nach draußen verlegt wurde« und winkte sie mit der Hand an sich heran.

»Nun mach, Eva. Wir sind spät dran. Nebenan wartet noch jemand. Die ist allerdings dreimal so schwer wie der hier, da werden wir viel Kraft brauchen.«

Eva nahm beherzt das Teil in die Hand und wollte es so positionieren, wie es Astrid ihr aufgetragen hatte, als sie es schlagartig losließ.

»Was ist, was ist los?«, fragte Astrid, die sah, das Eva sich erschrocken hatte.

»Schwester Astrid, ich glaube, da hat etwas gezuckt.«

»Was hat gezuckt?«

»Na, der«, sie zeigte auf den Penis.

Tatsächlich hatte Horst gemerkt, dass er unten angefasst wurde.

He, aufhören, das ist sittenwidrig. Ich habe ein Recht auf Unversehrtheit. Und ja, ich merke da was, falls es euch interessiert.

»Das ist aber ungewöhnlich. Schließlich haben wir ihn vorhin gründlich gewaschen und da ja auch berührt. Da habe ich nichts gespürt. Hast du was bemerkt?«

»Nein, da hätte ich doch was gesagt.«

Beherzt nahm die erfahrene Schwester den Penis von Horst und führte ohne lange zu fackeln den Katheder ein. Dabei verspürte sie aber keine Reaktion beim

Patienten. Um sicher zu sein, dass es nicht doch eine Reaktion gegeben haben könnte, sagte sie:

»Wir werden ihn jetzt wieder verkabeln und mal sehen, ob auf dem Monitor des EEG-Gerätes etwas zu sehen ist. Dazu machen wir eine Gehirnströmungsmessung. Die wird bei Komapatienten im Normalfall einmal in der Woche gemacht. Nur, um zu sehen, ob der Patient noch in dieser Welt ist.«

Horst hatte längst aufgegeben, noch etwas zu sagen. Es hörte ihn ja doch keiner. Die Schwestern reinigten die Kabel und setzten die kleinen Saugnäpfe an den Stellen an, wo gemessen werden sollte. Horst besaß noch volles Haar, was sich deshalb nicht so einfach gestaltete, da zwei Messpunkte auch auf dem Kopf befestigt werden mussten. Nach einer Weile waren aber alle Saugnäpfe angebracht, und Schwester Astrid schaltete das EEG-Gerät ein. Nicht alle Messpunkte lieferten Werte. Astrid nahm nun hautfreundliches Pflaster und klebte die Punkte damit fest. Dann wurden alle Daten übertragen. Als sie den Pulsmesser einschaltete, piepte der sofort los. Eva hatte vergessen, die Klammer am Finger anzubringen. Schnell holte sie das jetzt nach. Astrid schaute sie wieder etwas strenger an.

Nun funktionierten wieder alle Geräte. Auch die Gehirnströme waren auf dem EEG-Gerät zu sehen.

»Da sind nur schwache Ströme zu erkennen. Herz, Puls und Blutdruck haben normale Werte. Also Werte, die bei dem Patienten als normal zu bezeichnen sind.« Doch sie wollte sicher sein, ob es Veränderungen von Herrn Kroll gab. Wäre es doch ein Hinweis, dass er, wenn auch nur mit einem ganz kleinen Schritt, zurück in die Welt kommt.

»Eva, positioniere ihn noch mal, wie du es vorhin gemacht hast.«

Eva nahm den Penis des Patienten wieder in die Hand. Diesmal jedoch mit festem Griff. Schließlich wollte sie sehen, ob es eine Reaktion gab. Und wenn sie fester zupacken würde, dann wäre auch die Reaktion größer, dachte sie.

Was macht ihr denn jetzt? Ich werde euch verklagen wegen Körperverletzung. Aua, ja, ich merke, was ihr da macht, deshalb hört damit auf. Es ist unangenehm. Jedenfalls so, wie ihr es jetzt macht. Schaut auf den Monitor, wenn ihr schon Spielchen mit mir treibt.

»Der Blutdruck ist etwas angestiegen und der Puls ebenfalls. Das kann aber auch eine Reaktion auf die Bewegungen bei der Reinigung sein, die er ja mitgemacht hat. So etwas ist normal. Andere Veränderungen kann ich nicht erkennen. Das EEG zeigt schwache Ströme. Nach den Aufzeichnungen der letzten Tage haben die sich aber kaum verändert.«

Astrid hatte sich die Krankenmappe angesehen und die angezeigten Werte mit den schon eingetragenen verglichen.

»Minimale Erhöhung. Irgendwo merkt der noch was, aber das mit dem Zucken war wohl nur ein Zufall. Oder spürst du eine Regung an seinem Ding?«

»Nein, jetzt zuckt nichts, jedenfalls nicht so, dass ich etwas spüren würde.«

Eva verschloss die Windel und widmete sich danach weiter dem Patienten.

Aber ich spüre was, und die Reaktionen sind kein Zufall. Ruft den Arzt und macht weitere Überprüfungen. Nicht an meinem Teil, es gibt ja noch andere Glieder an mir, die eventuell auf Anfassen reagieren könnten.

»So, jetzt fehlt nur noch die Versorgung unseres Säuberlings.« Eva schaute Astrid fragend an.

»Na, der Versorgungsschlauch durch die Nase in den Magen. Auch Magensonde genannt. Die haben wir abgenommen und die müssen wir ihm auch wieder einführen.«

Diesmal desinfizierte sie sich schnell ihre Hände und nahm einen Beutel vom Wagen.

»Da steht Magensonde drauf. Der dient dazu, dass man dem Patienten auch Nahrung zuführen kann, obwohl der Mund verschlossen ist. Außerdem stört die

Trachealkanüle in seinem Hals. Das hatte ich dir vorhin aber schon mal erklärt.«

»Ja, entschuldige, aber es ist so vieles neu.«

Astrid war sich sicher, dass sie das Positionieren eines männlichen Gliedes nicht mehr vergessen wird. Der dünne Schlauch wurde von ihr mit einer besonderen Salbe eingeschmiert und in ein Nasenloch eingeführt. Nach und nach verschwand eine Menge Schlauch darin.

»Woher weiß man, dass er tief genug ist?«

»Ich habe vorher die ungefähre Länge von der Nase bis zum Magen abgeschätzt und so den Schlauch gepackt. Wie du siehst, bin ich jetzt mit der Hand an seiner Nase, also ist die von mir geschätzte Länge jetzt drin. Von diesem Punkt aus wandert die Nahrung nun in den Magengrund. Lege ihm jetzt die Decke auf. Alsdann sind wir hier auch fertig. Ist ja auch schon spät. Im normalen Fall wirst du nicht so viel Zeit mit einem Patienten verbringen können. Heute ist es eine Ausnahme wegen deiner Ausbildung.«

Wegen ihrer Ausbildung? Ich bin tatsächlich euer Ausbildungsopfer! Das ist der Gipfel. Ich glaube nicht, nein, ich bin mir sicher, euch keine Genehmigung erteilt zu haben, dass ich Ausbildungsmaterial sein wollte. Nehmt doch, wen ihr wollt, aber lasst mich in Zukunft ja in Ruhe.

»Räume den Müll zusammen und die Schmutzwäsche in den Beutel am Wagen. Auf dem Flur werden wir dann den Wagen für den nächsten Patienten herrichten.«

Horst hörte nun noch Geräusche, aus denen er vermuten konnte, dass die Schwestern ihre Sachen zusammen räumten. Nach kurzer Zeit wurde eine Tür geöffnet.

»Bis morgen und nicht, dass sie uns weglaufen.«

Das Gekicher der Frauen verhallte, nachdem die Tür geschlossen wurde.

Ah, endlich Ruhe. Wie spät wir es wohl haben? Wann werden wohl Uschi und Julia kommen?

Somit widmete er sich wieder Überlegungen, wie er sich bemerkbar machen könnte, wenn Uschi und Julia da wären. Nach einer unendlichen Zeit hörte er, wie eine Tür geöffnet wurde. Dann hörte er kleine Schritte und gleichzeitig dumpfe Stöße: »Hallo Papi, hallo Papi, ich habe dir ein paar Blumen mitgebracht.«

»Julia, nicht so laut. In einem Krankenhaus redet man immer leise. Und Papa schläft doch. Er muss schlafen, damit er wieder ganz gesund wird.«

Nein, nicht leise reden, nicht leise reden, ich will doch alles hören.

Julia redete nun etwas leiser. Zum Glück konnte Horst aber alles verstehen, obwohl die vielen Nebengeräusche es ihm sehr schwer machten.

»Papi, ich habe dir auch eine kleine Vase mitgebracht. Die Blumen sind aus meinem Zimmer. Ich habe da einen schönen Blumenkasten. Und die schönsten Blumen habe ich dir mitgebracht.«

Nach einem kurzen Hustenanfall redete sie weiter.

»Schau mal, mein Bein tut mir nur noch ein bisschen weh. Der Onkel Doktor hat gesagt, wenn ich weiter so fleißig übe, werde ich auch wieder richtig gehen können. Die bunten Krücken darf ich behalten. Wenn du wieder gesund bist, dann gehen wir wieder in den Zoo zu den Giraffen.«

Was ist denn mit deinem Bein?

»Du musst genau so gesund werden wie die Mama und ich. Darf ich dem Papi ein kleines Küsschen geben?«

Julia wartete erst gar nicht die Antwort ihrer Mutter ab, sondern gab ihrem Papi ein Küsschen auf die Wange.

»Das hat bei mir auch immer geholfen, wenn ich mir mal weh getan habe. Dann hat der Papi mir auch immer ein kleines Küsschen gegeben, und am nächsten Tag hat es gar nicht mehr so weh getan.«

Uschi musste lachen und weinen zugleich. *Wenn das so einfach wäre,* meine Kleine, dachte sie. Wieder hustete Julia. Diesmal Heftiger als vorher.

Julia, du hast aber einen schlimmen Husten. Was ist mit dir? Bist du erkältet?

In diesem Moment hörte Horst das Öffnen der Türe.
»Hallo Herr Doktor.«
»Hallo Frau Kroll, hallo kleine Prinzessin. Na, wie geht es dir?«
»Ach, Herr Doktor Lange. Sie hustet in letzter Zeit so viel. Die Bronchien sind aber in Ordnung. Ein Kollege von ihnen hat sie schon untersucht.«
»Sagen Sie mal Frau Kroll, wo sind diese Blumen her?«
Der Arzt zeigte auf den kleinen Blumenstrauß auf dem Fensterbrett des Krankenzimmers.
»Die sind aus dem Zimmer meiner Tochter. Sie hat einen schönen Blumenkasten auf ihrer Fensterbank. Dürfen in diesem Zimmer keine Blumen sein?«
Der Arzt ging nicht auf die Frage ein, sondern fragte die kleine Prinzessin: »Hustest du morgens mehr als tagsüber?«
»Ja, und manchmal auch in der Nacht. Dann tut mir immer der ganze Hals weh.«
»Seit wann hast du denn die Blumen?«
»Die hat mir Schwester Almuth mitgebracht. Damit mein Zimmer schön aussieht. Zu Hause haben wir ja

einen großen Garten, und da sind auch ganz viele Blumen.«

»Dein Husten kommt von den Blumen. Die sind nämlich giftig.«

Er wandte sich an die Mutter.

»Es ist eine Art Blauer Eisenhut. Der kann bei Menschen eine Reizung auslösen. Besonders Kinder sind da sehr gefährdet. Nach der Berührung der Blumen gelangen die Gifte über die Finger in den Mund und können so leichte Vergiftungen auslösen oder wie bei ihrer Tochter Hustenanfälle.«

»Oh mein Gott. Die Schwester hatte mich um Erlaubnis gebeten, da sie das Zimmer mit Blumen schöner gestalten wollte.«

Wie bitte, ihr habt meiner Tochter giftige Blumen ins Zimmer gestellt? Das wird gerichtliche Folgen haben. Ihr werdet euch wundern, was da auf euch zukommt. Und diese Schwester Allmuth soll ja von meiner Tochter fernbleiben. Uschi sag ihnen, dass ich Rechtsanwalt bin und sie verklagen werde.

»Müssen die Blumen jetzt weg, Onkel Doktor?«

»Ja, meine liebe Julia. Du hast doch gehört, sie machen dich krank. Dadurch musst du immer husten. Da hat dir die Schwester Almuth die falschen Blumen gekauft. Ich verspreche dir aber, dass wir die Fensterbank mit anderen Blumen wieder schön machen. Und die

Blumen für deinen Papa nehmen wir auch wieder weg. Oder willst du, dass dein Papa auch Husten bekommt?«

Julia schüttelte heftig den Kopf.

Das wäre ja noch schöner, da sterbe ich nicht an einem Unfall, sondern an Blumen einer dummen Schwester.

»Ja, die werden wir gleich mitnehmen. Danke, Herr Doktor. Ich bin so froh, dass sie so etwas wissen.«

»Ich bin Hobbygärtner. Zum Abschalten, wissen sie? Und du, kleine Prinzessin, wirst ein schönes Bild malen. Schöne blaue Blumen, und die schenkst du dann deinem Papi. Davon wird er bestimmt nicht krank.«

»Oh ja, das mache ich. Mami, Mami. Ich brauche schöne bunte Stifte. Dann male ich, was der Onkel Doktor gesagt hat.«

»Ja, meine Kleine. Und die Blumen aus deinem Zimmer werden wir wegwerfen.«

»Sie werden sehen, der Husten verschwindet dann auch. Gott sei Dank hat sie die ja noch nicht zu lange auf dem Zimmer. Der Husten könnte schnell chronisch werden.«

»Ach, Herr Doktor, ich weiß gar nicht, was ich sagen soll. Danke, vielen Dank.«

»Keine Ursache. Ist doch gut, wenn einem das Hobby hilft, kleine Patienten wieder gesund zu machen.« Dabei nahm er Julia auf den Arm und sagte ihr: »So, kleine Prinzessin. Ab jetzt nur noch Blumen, die gemalt sind.«
Julia nickte brav, und der Doktor stellte sie wieder auf ihre Beinprothese.
»Nun musst du aber wieder auf deine Station, es gibt gleich Mittagessen. Und die anderen Kinder warten doch dann auf dich, meine kleine tapfere Tochter.«
Julia ging zu ihrem Papa und streichelte sein Gesicht.
»Papi, Papi, ich male dir ein schönes Bild. Und wenn du wieder wach bist, dann kannst du es dir ansehen. Bis morgen, ich muss jetzt zum Essen.«

Julia, geh noch nicht, bleib doch noch ein wenig bei deinem Papa. Erzähl mir, wie es dir geht und was du so machst, mein kleiner Sonnenschein. Bitte bleib doch noch ein wenig bei deinem Papa.

Julia gab ihrem Vater einen Kuss auf die Wange und ging aus dem Zimmer. Horst hörte erneut die Tür. War sein kleiner Sonnenschein etwa schon wieder gegangen? Dann waren es ihre Schritte, die sich ungleich anhörten.

»Sie können so stolz auf ihre Tochter sein. Wie schnell Sie sich an die Prothese gewöhnt hat, ist schon erstaunlich. In einem halben Jahr wird sie damit fast normal laufen können.«

Julia hat eine Prothese? Wieso hat sie eine Prothese? Ach ja, wegen des Unfalls, oder? Ich bin schuld, ich habe es verursacht. Warum bin ich nicht etwas später gefahren? Warum musste ich mal wieder drängeln, um nach Hause zu kommen?

»Bei Ihrem Mann können wir leider keine Besserung erkennen. Heute Morgen gab es den Anschein einer Reaktion, die sich jedoch als ein Tic, also ein menschliches Zucken, herausstellte, das vom Gehirn ausgelöst wurde. Die danach durchgeführte Messung ergab leider keine Besserung oder Verstärkung seiner Gehirntätigkeit. Es tut mir leid, Ihnen keine bessere Auskunft gegeben zu können. Da werden wir viel Zeit und noch mehr Geduld brauchen.«

Was erzählt ihr da? Ich kann euch hören. Also könnte die Kommunikation funktionieren. Ihr müsst nur einen Weg finden, wie ich es euch mitteilen kann. Seht euch die Gehirnströme an. Immer wenn ihr etwas sagt, werde ich

versuchen, mehr zu denken, so wird die Anzeige beeinflusst.
Schaut es euch an.

»Danke für Ihre Offenheit. Ich weiß noch nicht, wie es weitergeht. Denn wir, also Julia und ich, werden bald die Klinik verlassen können. Mal sehen, wie wir das dann gestalten. Wie Sie wissen, wohnen wir in Düsseldorf, und Meschede ist 250 km entfernt. Mal eben vorbeikommen ist dann leider nicht. Und mit dem Auto werde ich solche Entfernungen noch nicht fahren können. Mit dem künstlichen Knie kann ich zwar schon gut gehen, aber ich fühle schon noch eine große Unsicherheit, wenn ich es belaste.«

Der Doktor nahm Uschi zur Seite. »Vielleicht können wir ihn ja verlegen. In Düsseldorf gibt es bestimmt einen Platz, wo er genauso gut versorgt wird wie hier.«

»Ich glaube nicht, dass es eine bessere Klinik als diese hier gibt.«

»Oh danke, das hört man gern. Aber wir haben in Düsseldorf eine Klinik, die kann ich Ihnen wirklich empfehlen. Leider ist die nicht so ganz billig.«

»Die werden wir uns nicht leisten können. Die Zusatz-Versicherung meines Mannes stellt bald die Zahlungen ein, danach wird er nur noch die normale

Krankenpflege bekommen können. Auch die Versicherung der Firma von dem Lastwagen zahlt ja auch nur den normalen Krankenkassenbeitrag. Die Leistungen wegen unserer aller Behinderungen benötigen wir für unseren Unterhalt. Horst, also mein Mann, ist erwerbsunfähig geschrieben und bezieht nur eine kleine Rente. Res wird schwer, das Haus zu halten. Ich weiß im Moment nicht, wie es weiter gehen soll.«

Uschi sah Horst an und dachte im gleichen Moment an die Kraftanstrengungen, die sie hatten, als sie das Haus gebaut hatten.

»Da gäbe es eine Möglichkeit, Ihnen zu helfen.«

»Und wie?«

»Bitte seien Sie mir aber über meinen Vorschlag nicht böse und versprechen mir, dass dieses Gespräch unter uns bleibt. Ich mache den Vorschlag wirklich nur, weil ich helfen will.«

»Ja, Herr Doktor, ich weiß, dass Sie nur Gutes wollen. Also, ich verspreche, dass ich dieses Gespräch für mich behalte.«

Redet nur, ich kann ja auch nichts verraten. Noch nicht,
aber ich werde im Zweifelsfall ein guter Zeuge sein. Uschi,
pass auf, was er dir vorschlägt. Ärzte sind Gauner in Weiß.

»Die Lebensbedingungen Ihres Mannes werden über
Jahre nicht besser werden. Es ist jetzt schon über ein
halbes Jahr her, dass Sie, Ihr Mann und Ihre Tochter
eingewiesen wurden. Im Gegensatz zu Ihrem Mann
haben Sie und Ihre Tochter sich weitestgehend erholt,
wenn auch mit künstlichen Gelenken. Aber bei Ihrem
Mann wird sich auf lange Sicht nicht viel verändern. Er
wird querschnittsgelähmt, also ein Pflegefall bleiben.
Er wird sein Leben lang künstlich ernährt oder
entsprechende Kost erhalten müssen.«
»Worauf wollen Sie hinaus, Herr Doktor?«
»Nieren, Frau Kroll. Die Nieren Ihres Mannes.«
»Was ist mit seinen Nieren? Hat er da ein Problem?«
»Nein, deshalb könnte er als Spender in Frage
kommen!«
»Das verstehe ich nicht.«

Ich auch nicht. Was soll das alles? Was heißt hier, ich
komme als Spender in Frage?

»Ihr Mann könnte eine Niere spenden, ohne dass eine
Gefahr für ihn entstünde oder er weitere
Beeinträchtigungen hätte. Wie ich schon sagte, sein
Dasein wird sich nicht wirklich mehr verändern.«

»Was macht das für einen Sinn, wenn er eine Niere spendet?«

»Er bekäme eine hohe Geldsumme dafür, die dann für die Krankenhauskosten verwendet werden könnte oder für Ihre Anreise, Übernachtungen und regelmäßigen Besuchen, sollte er hierbleiben.«

»Herr Doktor, das ist doch wohl nicht Ihr Ernst.«
Doch als Frau Kroll in die Augen von Doktor Lange schaute, wusste sie, dass er es so meinte, wie er es gesagt hatte.

Hallo, ihr redet über einen Menschen, der noch lebt. Das, was Sie da vorschlagen, Mister Quacksalber, ist ja wohl der Gipfel von illegalem Organhandel. Sie wollen einen Patienten ausschlachten, nur weil der Ihnen ausgeliefert ist. Uschi, zeige diesen Arzt an, der muss hinter Gitter. Auf illegalen Organhandel steht eine Gefängnisstrafe bis zu fünf Jahren.

»Sehen Sie, Frau Kroll. Ihr Mann könnte damit einem anderen Menschen das Leben retten. Leben durch ein Organ Ihres Mannes, das, bitte verzeihen Sie den Ausdruck, Ihr Mann nicht mehr benötigen wird. Bitte denken Sie über diesen Vorschlag nach. Bedenken Sie auch Ihre finanzielle Lage und an das Wohl Ihres

Mannes, auch wenn es im ersten Moment nicht so aussieht. Er würde aber weiterhin die beste Pflege erhalten, die in so einem Falle möglich ist.«

Uschi setzte sich hin. Die Worte des Arztes brachten sie völlig durcheinander.

»Ich lasse Sie jetzt erst einmal alleine. Bitte melden Sie sich in den nächsten zwei, drei Tagen und teilen mir Ihre Entscheidung dazu mit. Wie ich schon erwähnte, geht es um das Leben eines Mannes, der auch eine Familie hat und ohne Spenderniere nicht mehr lange lebt.«

Sollte sie Horst das antun? Damit würde sie den Worten des Arztes zustimmen, dass er nie wieder gesund werden würde. Dass sie ihn aufgäbe. Ihn, dass Liebste, dass sie hatte. Uschi hielt bei diesen Gedanken die Hand von Horst. Die Hand jenes Mannes, der sie immer beschützt hatte.
»Ach, Horst, ich weiß nicht, was ich machen soll. Ich kann dich doch nicht aufgeben. Ich glaube doch daran, dass du wieder gesund wirst. Auch wenn alles dagegen spricht. Horst, bitte hilf mir und gib mir ein Zeichen, was ich machen soll.«

Doch Horst regte und bewegte sich nicht. Nicht gestern, nicht heute und wohl morgen auch nicht.

Uschi weinte, als sie den Kopf auf die Hände legte. Horst hatte alles gehört und hörte jetzt auch das Weinen seiner Frau.

Uschi, bitte weine nicht. Es wird alles wieder gut, glaube mir. Du musst nur Geduld haben. Wenn die Versicherung nicht mehr zahlt, dann sollen sie mich ruhig nach Düsseldorf verlegen. Mir macht das nichts aus. Es ist mir mittlerweile egal, wer mich sauber macht. Aber du darfst mich nicht aufgeben. Uschi, das darfst du nicht tun. Gib mich nicht auf. Ich bin es, dein Mann. Wenn du nicht mehr an mich glauben willst, so denk doch an unsere Tochter, die kleine Julia. Sie glaubt fest daran, dass ich wieder gesund werde. Uschi, bitte lass es nicht zu, dass sie mich ausschlachten. Verkauf das Haus und zieh zu deinen Eltern, sie werden dir helfen, sie werden dir sagen, was zu tun ist.

Uschi bemerkte den erhöhten Pulsschlag durch das Piepen des Geräts und schaute auf. War das ein Zeichen, eine Antwort auf die Frage, was sie tun sollte?

»Horst, spürst du meine Verzweiflung? Bitte mach was, damit ich weiß, was ich tun soll. Horst, bitte hilf mir, so wie du mir immer geholfen hast.«

Uschi, ja, das ist ein Zeichen. Bitte glaube an mich und dass ich wieder gesund werde. Hör dir die Töne an. Ich höre dich, deshalb ist mein Puls schneller.

»Ach Horst. Sollte es ein Zeichen sein, so weiß ich doch nicht, ob es ein Ja oder ein Nein für den Vorschlag des Doktors sein soll. Wenn du spürst, was ich sage oder denke, dann musst du mir noch ein Zeichen geben. Bitte senke deinen Puls wieder, und wenn ich dir einen Vorschlag mache und du diesen nicht willst, dann verstärke den Pulsschlag wieder.«

Uschi schaute auf den Monitor und sah, dass sich nichts änderte. Der Pulsschlag veränderte sich nicht.

»Wie konnte ich nur glauben, dass du mich hörst oder spürst, was ich denke.«

Uschi, warte, es geht nicht so schnell. Ich versuche gerade, mich zu beruhigen, das ist aber nicht so einfach. Warte, warte, bis ich ruhiger bin. Dann stellst du mir wieder Fragen, und du wirst sehen, es geht.

Uschi ließ seine Hand wieder los, stand auf und streichelte sein Gesicht. »Bis morgen mein Liebster. Ich liebe dich und werde dich immer lieben.«

Uschi, ich liebe dich auch. Bitte geh noch nicht, achte auf den Pulsschlag, auf seine Senkung. Sieh doch, ich werde ruhiger.

Doch angesichts der Tatsache, dass seine Frau dabei war, sich zu verabschieden, war an eine Beruhigung nicht zu denken. So blieb der Puls höher als sonst, und Uschi ging aus dem Zimmer. Horst hörte die Tür und wusste, dass er eine große Chance verpasst hatte. Eine

Chance, mit Uschi und seinem Umfeld eine Kommunikation aufzubauen. Horst fiel entmutigt in sich zusammen.

Uschi ging zurück in ihr Zimmer und legte sich auf ihr Krankenbett. Sie schloss die Augen und dachte darüber nach, was sie tun sollte. Das Angebot annehmen und Horst in einer Privatklinik in Düsseldorf unterbringen? Das Angebot ablehnen und Horst in Düsseldorf in einem normalen Krankenhaus stationieren? Was passiert, wenn es, auch da keinen Platz mehr für ihn gibt? Dann würde er wohl in einem Hospiz landen. Hospiz, die Übergangsstation vom Leben zum Tode.

»Nein Horst, da darfst du nicht landen. Ich will um dich kämpfen, ich will, dass du so gut es geht versorgt wirst. Das geht nur hier oder in einer Privatklinik. Doch dafür brauche ich Geld, brauchen wir Geld.«

Die Eltern konnte sie nicht fragen, da sie selbst nur jeweils eine kleine Rente bezogen. Für ein Leben in der Eifel reichte es, um gut über die Runden zu kommen.

Bei einem der Besuche von ihren Eltern in der Klinik hatten sie das schon abgeklärt.

Sie wusste, dass Horst einer Nierenspende nie zustimmen würde. Sie wusste instinktiv, dass dies auch unrechtmäßig sein würde. Was sollte sie nur tun? Mit diesen Fragen schlief sie ein.

Am nächsten Morgen kam ihre Tochter zu ihr. Ganz aufgeregt rief sie schon in der Tür: »Komm Mami, wir müssen Papa besuchen. Komm, er wartet auf uns.«

»Woher weißt du das?«

»Heute Nacht, da habe ich den Papa gehört. Er hat nach mir gerufen. Ich soll kommen, hat er gerufen, man will ihm wehtun, hat er gerufen. Komm Mama, komm. Schnell, bevor man ihm wehtut. Komm!«

Julia stürmte auch schon wieder hinaus, so schnell, wie sie es mit der Prothese konnte. Uschi zog sich einen Bademantel an und folgte ihr. In Horsts Zimmer war alles so wie immer. Die Geräte summten und piepten. Das Beatmungsgerät verrichtete seine Aufgabe, und Horst lag da, wie er immer lag.

»Papi, Papi, ich bin da. Du hast mich gerufen, Papi. Ich habe dich gehört, ich will nicht, dass man dir wehtut. Mami ist auch da.«

»Julia, nicht so laut. Schau, der Papi schläft und niemand will ihm wehtun. Es ist alles in Ordnung. Ich sorge dafür, dass ihm niemand wehtut. Gib deinem Papi ein Küsschen.« Uschis Stimme versagte fast bei diesen Worten. Jetzt hatte sie ein Zeichen. Sie nahm seine Hand.

»Ich weiß nicht, wie du es gemacht hast, aber ich wusste doch, dass du mir helfen wirst, mein Liebster.« Auch sie gab Horst einen Kuss.

»Komm Julia, ich muss zu unserem Doktor und du auf dein Zimmer. Zieh dich an, es gibt gleich Frühstück.«

Julia, Julia. Da bist du ja. Hast du mich gehört, ja? Ich wusste, dass du mich hören wirst und nicht zulässt, dass sie mir was antun. Nun wird alles gut, mein kleiner Sonnenschein. Uschi, hast du verstanden? Bitte treffe jetzt die richtige Entscheidung. Stimme einer Operation nicht zu. Bitte respektiere mein Begehren. Ich mache ungern davon Gebrauch, aber denke an das Gesetz, und das besagt nach Paragraf, Moment, fällt mir gleich ein, also der besagt, dass niemand das Recht hat, einem anderen Organe zu entnehmen, wenn der nicht ausdrücklich zustimmt. Außer es handelt sich um einen Notfall, aber der ist hier nicht gegeben, jedenfalls nicht, was die Nieren angeht. Du hast doch gehört, dass der Doktor gesagt hat, sie seien vollkommen intakt. Uschi? Julia? Seid ihr noch da?

Horst hatte es nicht mitbekommen, dass beide das Zimmer wieder verlassen hatten. Uschi brachte Julia auf ihr Zimmer und ging dann, so wie sie war, zum Zimmer von Dr. Lange. Sie klopfte an und wartete auf eine Antwort. Doch die blieb aus. Sie fragte eine Schwester, die mit der Lieferung des Frühstücks beschäftigt war, wo denn der Doktor zu finden wäre.

»Der ist noch nicht im Haus. Er kommt um Acht. Aber dann hat er erst mal Besprechung. Kommen Sie so gegen 9.00 Uhr. Dann ist er am ehesten zu sprechen.«

»Okay. Danke«, sagte Uschi und ging zurück auf ihr Zimmer. Nach dem Frühstück wartete sie, bis es endlich 9.00 Uhr war. Erneut ging sie zu seinem Sprechzimmer. Schon auf dem Gang sah sie ihn, und auch er sah sie.

»Guten Morgen, Frau Kroll. Bitte kommen Sie herein.«

»Guten Morgen Dr. Lange.«

Sie nahmen Platz, dann sah Herr Lange Frau Kroll an und wusste sofort, was sie sagen wollte. Deshalb schwieg er und überließ ihr das Wort.

»Ich habe nachgedacht und bin zu einem Entschluss gekommen. Ja, eigentlich ist es der Entschluss meines Mannes. Aber das ist jetzt zu kompliziert, um Ihnen das zu erklären. Ich wollte Ihnen nur mitteilen, dass ich einer Nierenspende nicht zustimmen werde. Ich danke Ihnen aber für das Angebot. Ich weiß, dass Sie es wirklich nur gut gemeint haben, aber bitte verstehen Sie, dass ich meinen Mann nicht aufgeben möchte. Aber das würde ich tun, würde ich erlauben, dass eine Niere entfernt wird. Ich glaube weiter an ihn und an seine Genesung.«

»Es ist gut, dass sie eine Entscheidung getroffen haben. Wenn auch die falsche aus meiner Sicht.«

Der Arzt machte eine kurze Pause und fuhr dann fort: »Wenn Sie erlauben, dann suche ich für Ihren Mann eine Klinik aus, wo er am besten aufgehoben sein wird, wenn er nach Düsseldorf verlegt werden soll. Vor allem, wenn Ihr Mann dann kein Privatpatient mehr ist. Auch als Kassenpatient wird er dort alles

Bekommen, was ihm sein Dasein erleichtert. So kann ich Ihnen wenigstens etwas helfen.«

»Danke, Herr Doktor. Danke.«

»So wie es aussieht, werden Sie und Ihre Tochter am Ende des Monats unsere Klinik verlassen. Die weitere Betreuung wird dann ebenfalls in Düsseldorf erfolgen. Die Adresse von Herrn Doktor Wiedenfach haben Sie ja. Da werden sie in guten Händen sein.«

»Ach, Herr Doktor Lange. Ich weiß gar nicht, wie ich das alles wiedergutmachen kann. Sie haben so viel für uns getan. Dem ganzen Haus kann ich nur Danke sagen, Danke für alles.«

»Nun ist es aber genug mit der Beweihräucherung. Sonst werde ich noch sentimental. Und das können wir Ärzte uns nicht leisten.«

Sie erhoben sich. Uschi ging auf den Arzt zu und gab ihm die Hand. Dann legte sie auch ihre zweite Hand auf die seine und sagte: »Bei allem Leid, das wir hatten und noch haben, umso größeres Glück, dass es Sie gibt. Möge der Herr Sie und Ihr Team beschützen.«

Dann drehte sie sich schnell um und ging aus dem Zimmer. Ihre Augen waren getrübt und kleine Tränen rannen heraus. Auch der Doktor setzte sich noch mal und wischte sich die Augen trocken.

»Hey«, sprach er zu sich selbst, »hatte ich nicht gesagt, sentimental ist nichts für einen Arzt?«

In der Düsseldorfer Klinik herrschte Hektik. Schon als Uschi die Station betrat, merkte sie diese Unruhe. Leider hielt diese Klinik nicht das, was Doktor Lange versprochen hatte. Sie wusste, dass ihr Mann zwar versorgt wurde, doch eben wie ein Patient zweiter Klasse. Anfangs war das noch anders, da widmete sich das Pflegepersonal um den Neuzugang aus Meschede. Doch mit der Zeit ließ das nach, und Horst war ein Patient wie jeder andere.

Sie ging in sein Zimmer und bemerkte sofort, dass der Waschlappen, der auf der Ablage lag, vollkommen trocken war. Sie nahm den Lappen und befeuchtete ihn im Bad, dann tupfte sie ihm das Gesicht ab, benetzte seine Lippen und streichelte ihm übers Haar.

»Hallo, mein Liebster. Ich bin es, Uschi.«

Sie ergriff seine Hand. Horst, der geschlafen hatte, erwachte bei diesen Worten.

Hallo Uschi. Es ist schön, dass du da bist. Hast du Julia mitgebracht? Ich habe nicht gehört, dass du hereingekommen bist. Ich habe geschlafen. In der Nacht war ich mehrmals wach. Ich hatte so ein ungutes Gefühl, obwohl ich doch sonst eigentlich nichts merke. Ach Uschi, bitte sage mir, was können wir tun? Ich kann doch nicht ewig so liegen. Ich werde hier zwar versorgt, doch es ist alles so laut und unpersönlich. Die Schwestern kümmern sich kaum um mich. Manchmal höre ich, dass etwas mit mir nicht stimmt. Die Geräte hören sich anders an. Aber auch dann kümmert man sich nicht. Meistens höre ich nur: »Wir geben ihm noch ein Beruhigungsmittel, dann hat nicht nur er Ruhe, sondern wir auch«, und dann lachen sie. Erst vor Kurzem waren sie da.

Er sprach in Gedanken, wusste er doch, dass sie ihn nicht hören konnte. Und doch hoffte er auf eine Art mentaler Verständigung. Manchmal hatte er das Gefühl, dass sie seine Gedanken hören könnte. Uschi setzte sich auf den Stuhl neben dem Bett.
»Julia geht es gut. Sie ist bei der Oma für ein paar Tage. Ich muss nämlich auch in eine Klinik. Mir werden einige der Nägel entfernt, die noch in meinen Beinen stecken. So werde ich abnehmen«, lachte sie. Horst hörte, was sie sagte, und schon waren seine Selbstvorwürfe wieder da. Sein Pulsschlag beschleunigte sich. Überrascht durch diese Reaktion stand Uschi auf und ging zum Schwesternzimmer.
»Entschuldigung, können Sie mal den Doktor rufen, bei meinem Mann gab es eine Reaktion, als ich ihn ansprach. Ich möchte, dass sich der Doktor das Mal ansieht.«
»Das geht jetzt leider nicht. Der diensthabende Arzt ist in einer wichtigen Besprechung. Sobald er zurück ist, werde ich ihm das Sagen.«
»Können Sie sich das nicht mal ansehen?«
»Ja, ich komme gleich mal vorbei.«
Uschi ging wieder zurück und wusste, dass niemand kommen würde, um sich das anzusehen. So versuchte

sie selbst, ob sie nur mit ihrer Sprache etwas beeinflussen konnte.

»Hallo Horst, ich weiß, es klingt dumm, doch ich dachte eben, du könntest mich hören und hast auf meine Stimme reagiert. Leider konnte ich keinen Arzt und auch keine Schwester davon überzeugen, dass es wichtig wäre, sich das Mal anzusehen.«

Als Uschi mit ihm redete, beobachtete sie genau seinen Puls auf dem Monitor. Doch anders als vorhin sah sie nun keine Reaktion. Horst hatte sie sehr wohl gehört und war glücklich, dass sie verstanden hatte, dass er hören konnte. Sofort konzentrierte er sich auf Dinge, die ihn aufregten, wie die Reinigungen, die er über sich ergehen lassen musste, die Nachricht von der Prothese für Julia. Doch Horst war nicht in der Lage, sich erneut aufzuregen.

Uschi, es geht nicht. Ich kann mich nicht aufregen. Wir müssen es noch mal versuchen. Rede noch mal mit mir. Erzähle mir unangenehme Dinge, am besten von Dingen, an denen ich auch noch Schuld bin. Bitte Uschi, rede.

Enttäuscht über den gescheiterten Versuch nahm sie wieder seine Hand und redete mit ihm über andere Dinge, solche, die sie bewegten und ihr Kummer bereiteten.

»Horst, die Versicherung macht uns Kummer. Sie haben mir geschrieben, dass sie nur noch bis Ende des

Jahres die Kosten übernehmen. Dann endet deren Kostenpflicht. Dreißig Monate stehen im Vertrag für eine Leistung. Die zweieinhalb Jahre sind bald um. Dann wirst du wieder verlegt. Kassenzimmer, anstelle von erster Klasse. Aber in diesem Krankenhaus spielt das sowieso keine Rolle. Sie versorgen dich wie jeden anderen Kassenpatienten. Ich weiß nicht genau, wie es weiter gehen soll.«

Uschi machte eine Pause. Tränen rannen über ihr Gesicht. Leise weinte sie, so als wolle sie ihr Leid verbergen, während sie ihm die Hand drückte.

Wieso wollen die nicht mehr zahlen? Und wo steht das mit den 30 Monaten? Rede mit dem Arzt, der soll eine neue Diagnose stellen, eine andere Krankheit. Dann beginnen die 30 Monate von vorne.

Wissend, dass er Unsinn dachte, machte er sich nun Sorgen um die Zukunft. Um die von Uschi und Julia. Die Zusatzkosten konnte die kleine Familie sicher nicht immer tragen. Uschi hatte Horst verschwiegen, dass sie ihr Erspartes schon lange aufgebraucht hatte und wieder arbeitete. Julia ging in eine Tagesschule. So kamen sie über die Runden. Das Haus verkaufen und zu ihren Eltern ziehen, wäre eine weitere Option, damit sie es leichter hätten. Allerdings sah sie schon ihren Bruder auf der Matte stehen und hörte Sprüche, wie: »Du willst dir wohl schon zu Lebzeiten das Haus unserer Eltern unter den Nagel reißen.«

Nein, zu den Eltern wollte sie nicht.

»Julia ist eine sehr gute Schülerin«, erzählte sie weiter, nachdem sie sich wieder gefasst hatte. »Sie schreibt nur Einsen und Zweien. Sie hadert mit sich selbst, wenn sie eine Zwei-Minus bekommt. Dann lernt sie noch mehr. Die Lehrerin ist fest davon überzeugt, dass sie aufs Gymnasium kann. Ich hoffe, dass sie auf das Humboldt Gymnasium gehen kann, schon wegen des Pflichtfachs Latein.«

Horst hörte ihr zu und freute sich, dass Julia so gut in der Schule war.

Das ist gut, Uschi. Damit kann sie später Jura studieren.

Sie wurden unterbrochen. Zu ihrer Überraschung ging die Tür auf, und ein Arzt kam herein.

»Frau Kroll?«

»Ja, das bin ich.«

»Guten Tag. Ich bin Doktor Wenig. Das Gegenteil von Viel«, und schon lachte er los. Uschi empfand das angesichts der prekären Situation ihres Mannes nicht so toll und lachte nicht mit. Als der Arzt merkte, dass der Witz nicht angekommen war, bat er Frau Kroll darum, ihr Anliegen zu äußern. Sie erzählte ihm von dem Erlebnis, das sie hatte. Der Doktor hörte ihr aufmerksam zu und ging dann an Horsts Bett.

»Ein normales Phänomen bei Langzeit-Koma-Patienten. Scheinbare Veränderungen treten auf, die im Widerspruch zum Gesundheitszustand stehen. Ihr Mann, Frau Kroll, ist in einem Koma-Zustand, in dem es absolut unmöglich ist, irgendetwas mitzubekommen. Leider ist das so. Um ganz sicher zu sein, werde ich auf jeden Fall noch mal eine Langzeit-Gehirn-Strömungsmessung anordnen mit verschiedenen Tests. Der Patient wird dann Reizen ausgesetzt, die uns aufzeigen werden, ob er überhaupt noch Reaktionen hat. Es wäre gut, wenn sie dann anwesend wären und mit ihm reden. Bereiten Sie am besten einen entsprechenden Text vor.«

»Wird das jetzt gleich gemacht?«

»Nein, das geht am Wochenende nicht. Dafür ist unsere Personalstärke am Wochenende nicht ausgelegt. Aber schon am Montagmorgen wird es gemacht. Ich hoffe, es passt Ihnen?«

»Nein, das passt mir überhaupt nicht. Ich möchte Sie bitten, dass sie das jetzt veranlassen. Jetzt, und nicht erst, wenn es Ihnen am besten passt. Es ist nämlich nicht ganz unwichtig, ob ein Mensch noch etwas merkt oder nicht. Das kann doch am Montag schon wieder ganz anders sein. Wir müssen seinen Zustand jetzt prüfen. Bitte.«

»Es tut mir leid, aber es ist wirklich nicht möglich. Wir haben einige Notfälle und können diese Untersuchung nicht jetzt durchführen. Wenn Sie am Montagmorgen nicht können, dann schreiben Sie bitte auf, was es für eingreifende Dinge im Leben ihres Mannes gegeben hat, und wir machen den Test ohne Sie. Den Zettel hinterlegen Sie bitte bei der Schwester. Es tut mir leid. Auf Wiedersehen, Frau Kroll. Sie sehen ja, die Pflicht ruft«, er zeigte auf sein blinkendes Handy. Dann war er auch schon verschwunden.

Horst, der das Ganze gehört hatte, schimpfte innerlich wie ein Rohrspatz.

Das wird noch ein Nachspiel haben. So behandelt man keinen Privatpatienten, der täglich mehrere Hundert Euro an das Krankenhaus bezahlt, Herr Dr. Wenig. Und überhaupt, was bilden Sie sich ein, so eine wichtige Erkenntnis meiner Frau einfach abzutun. Ach, Uschi, ich weiß, dass du alles versuchst. Doch in diesem Hause wirst du keinen Erfolg haben.

Uschi war durch das Gespräch sehr aufgeregt und hatte nicht auf den Monitor geachtet. Dort hätte sie sehen können, dass auch Horst aufgeregt war. Hören konnte sie seinen erhöhten Pulsschlag nicht. Die Schwestern hatten den Ton abgeschaltet. Bei Gefahr, also bei Werten, die für den Patienten gefährlich sein konnten, würde im Schwesternzimmer Alarm ausgelöst. So entging ihr diese Veränderung.
Sie hatte seine Hand ergriffen und hielt sie mit beiden Händen fest. Nach einer Weile verließ sie das Zimmer.

Auf einem Zettel, den sie in ihrer Handtasche gefunden hatte, notierte sie ein paar Schlagworte.

Worte wie: Wolfgang, Unfall, Prothese und Eile.

Den gab sie im Schwesternzimmer ab, mit dem Hinweis, dass der für die Untersuchung am Montag bei ihrem Mann gebraucht würde. Die Schwester nickte und legte den Zettel auf ihren Schreibtisch. Ob dieser auch in der Akte ihres Mannes landen würde, bezweifelte sie. Dann fuhr sie nach Hause.

Während der Woche versuchte sie immer wieder, einen Arzt zu sprechen, der ihr das Ergebnis der Untersuchung mitteilen könnte, doch vergebens. Entweder war kein Arzt zu erreichen, oder er war nicht zuständig. Erst bei ihrem Besuch zum Wochenende bekam sie die Informationen. Diesmal war ein Arzt anwesend, den sie auch kannte.

»Leider keine erfreulichen Nachrichten, Frau Kroll. Ihr Mann hat auf nichts reagiert, was wir versucht haben. Im Gegenteil, die Untersuchung hat ergeben, dass sich seine Gehirntätigkeit noch verschlechtert hat. Der Professor ist im Haus. Ich werde ihn bitten, mit Ihnen zu reden, wenn Sie es wünschen?«

»Ja bitte.«

»Gut, dann sage ich ihm Bescheid. Es tut mir leid, dass ich Ihnen keine erfreulichere Auskunft geben konnte.«

Dann verließ er das Zimmer.

Uschi hatte außer »Ja bitte« nicht gesprochen. Sie war verängstigt. Sie ahnte, dass etwas im Raum stand, was nicht sein sollte, nicht sein durfte.

Was heißt hier verschlechtert? Die Versuche, die ihr gemacht habt, habe ich alle mitbekommen. Jedenfalls die, über die ihr gesprochen habt. Die meiste Zeit habt ihr doch über eure privaten Probleme gesprochen. Uschi, sieh dir die Akte an, dann wirst du erkennen, wie wenig sie versucht haben.

Kaum zehn Minuten später ging die Tür erneut auf, und Professor Friesen betrat den Raum.
»Guten Morgen, Frau Kroll.«
»Guten Morgen, Herr Professor.«
»Frau Kroll, wie unser Stationsarzt Ihnen ja mitgeteilt hat, haben sich die Werte Ihres Mannes verschlechtert. Sie haben ja bei der Einlieferung Ihres Mannes, der aus der Klinik Meschede zu uns kam, seine Patientenverfügung mit eingereicht. Das, was ich Ihnen jetzt sage, ist eigentlich der Wunsch Ihres Mannes.«
Uschi wurde blass und musste sich setzen. Sie ahnte, nein, sie wusste, was jetzt kommen würde. Der Professor wartete einen Augenblick, bevor er fortfuhr. Horst hatte natürlich alles mit angehört, und ihm war auch klar, was jetzt kommen würde.

Nein Uschi, nein, noch bin ich nicht soweit. Sieh doch, hör doch, ich bin doch noch klar im Kopf. Die Verfügung gilt nur, wenn ich keine Überlebenschancen mehr habe, aber die Habe ich. Bitte habt doch noch Geduld mit mir.

»Ich will deshalb ganz ehrlich zu Ihnen sein, auch wenn es schmerzt. Ihr Mann ist eigentlich schon tot. Ohne die Geräte würde der Tod in weniger als zwei Minuten einsetzen. Eine Besserung ist nicht in Sicht. Und ich muss Ihnen auch sagen, dass er nie wieder irgendetwas machen könnte. Auch in zwei, drei Jahren wird er an diesen Maschinen hängen. Seine Schäden im Gehirn sind irreparabel. Durch den Schaden an der Wirbelsäule ist ihr Mann für immer unbeweglich.«
Der Professor unterbrach seine Erklärungen, da Uschi weiß geworden war.
»Geht es, Frau Kroll? Bitte, ich weiß, es ist nicht das, was Sie hören wollten, aber man muss sich irgendwann den Tatsachen stellen. Über kurz oder lang wird ihr Mann in ein Hospiz verlegt werden müssen. Und das so lange, bis sein Herz versagt. Wann das sein wird, weiß nur er da oben.«
Uschi hatte sich wieder gefasst. Sie wusste schon länger, dass diese Situation auf sie zukommen könnte, ja unweigerlich kommen musste.
Auf ewig würde kein Krankenhaus einen Platz für einen »toten« belegen können. Der würde gebraucht

für Menschen, denen noch geholfen werden könnte. Horst könnte keiner mehr helfen.

Doch, es gibt jemanden, aber der steht über den Dingen.

»Was sollten wir dann Ihrer Meinung nach tun?«, fragte sie, aber sie wusste auch schon die Antwort, die ihr der Arzt geben würde.

»Kommen Sie dem Wunsch Ihres Mannes nach und erfüllen seine letzte Bitte. Erlösen Sie ihn von diesem unwürdigen Leben, das schon lange keines mehr ist.«

Uschi hatte Horsts Hand genommen und weinte bitterlich.

»Oh Gott, bitte hilf uns. Bitte.«

»Frau Kroll, ich lasse Sie jetzt alleine. Es tut mir unendlich leid. Sobald Sie eine Entscheidung getroffen haben, melden Sie sich bei mir. Hier ist meine Karte, unter der Nummer können Sie mich direkt erreichen.«

Uschi, bitte denke nach. Denke genau nach. Wenn du zustimmst, dann wirst du mich umbringen. Du hast geschworen, dass wir in guten und in schlechten Tagen zusammenbleiben. Nun ist eben eine schlechte Zeit. Doch die wird sicher auch wieder vergehen. Uschi, bitte denke an mich und an unsere Liebe. Denke an Julia, unseren Sonnenschein. Was soll aus ihr werden ohne ihren Papi?

»Auf Wiedersehen, mein Liebster. Ich komme nächste Woche wieder. Dann bringe ich auch Julia wieder mit.«

Uschi küsste ihren Mann sanft auf die Lippen, streichelte sein Haar und ging dann schnell hinaus. Horst hörte die Tür und wusste, dass er nun alleine im Zimmer war. Alleine mit sich und seinem wahrscheinlichen Ableben. Ihm war bewusst, dass Uschi seinen schriftlichen Wunsch akzeptieren würde und die Geräte abschalten ließe. So hatten sie es besprochen. Damals hatte er ihr eindringlich erklärt, dass man diesem Wunsch folgen muss. Schließlich haben beide unterschrieben. Und ein Vertrag ist nun mal ein Vertrag. Jetzt wurde ihm sein eigenes Beharren darauf zum Verhängnis.

In der Woche des Wartens machte er sich viele Gedanken. Gedanken über Uschis Zukunft und vor allem über Julia. Über sein Ableben machte er sich in der Woche die wenigsten Gedanken. Das Waschen und die anderen notwendigen Dinge ließ er über sich ergehen, ohne sich weiterhin darüber aufzuregen. Er wusste, dass sein Plan, Erregung gleich Pulsbeschleunigung gleich Aufmerksamkeit, nicht wirklich funktioniert hatte. Also ließ er davon ab.

»Hallo Papi, hallo Papi.«
Horst hatte die Tür gehört und kleine Laufschritte.
»Julia, du sollst doch nicht so laut sein, wenn wir hier sind.«

Doch, lass sie rufen, lass sie rufen, meine kleine Sonne.
Meine kleine Julia.

»Papi, Papi, ich komme aufs Gymnasium hat die Lehrerin gesagt, weil ich ein kluges Mädchen bin. Nur einmal, da habe ich eine Drei bekommen. Weil ich im Sport nicht alles mitmachen kann.«

Horst wurde es schwer ums Herz. Seine Julia konnte wegen der Prothese nicht alles mitmachen, wegen seiner schnellen Abreise damals bei den Eltern. Horst weinte, ohne dass Tränen flossen. Er schluchzte, ohne dass sich etwas regte. Es zerriss ihm das Herz, ohne dass es aufhörte zu schlagen. Uschi stellte sich den Stuhl ans Bett und setzte sich zu ihm, nahm wie immer seine Hand und hielt sie an ihre Wangen. Auf der anderen Seite stand Julia und machte es ihrer Mutter nach.

»Liebster, ich habe dem Professor die Erlaubnis erteilt, es so zu machen, wie du und ich es ausgemacht haben. Ich weiß, dir wäre es nicht recht, wenn ich anders handeln würde, mein liebster Rechtsverdreher.«

Uschi liefen die Tränen.

»Warum weinst du denn, Mama? Wir sind doch bei Papi, das ist doch schön.«

»Ja, Julia, das ist schön. Gib dem Papi einen dicken Kuss, meine Kleine. Einen ganz dicken, denn der muss ganz lange halten. Wir werden den Papi lange nicht sehen. Er geht bald in den Himmel. Da hat er keine

Schmerzen mehr und passt von oben auf uns auf. Ich habe es dir ja erklärt, was passiert, wenn man die Erde verlässt.«

»Ja, Mami. Wann kommt der Papi denn in den Himmel?

»Bald, meine liebe Julia, bald.«

»Ich komme morgen wieder, mein Liebster. Ich komme morgen wieder.«

Hatte er gespürt, dass Julia ihn geküsst hatte, oder hat er sich das nur eingebildet? Urplötzlich hatte er etwas auf seinen Lippen gespürt. Genau in dem Moment, als er auch das Geräusch eines Kusses hörte. Wenn es so wäre, dann würde er auch gleich den Kuss von Uschi spüren. Er wusste, dass es wohl Julias letzter Kuss gewesen war, den er bekommen hatte.

»Papi, wenn du oben im Himmel bist, dann schau auf uns und beschütze die Mami und mich. Ich werde jeden Abend nach oben schauen und dir einen Gute-Nacht-Kuss schicken.«

Noch einmal küsste sie ihren Vater und noch einmal spürte Horst etwas auf seine Lippen.

»Bis Morgen, mein Ein- und Alles. Bis Morgen«

Uschi beugte sich zu Horst und küsste ihn sanft und lang.

Horst spürte sie, spürte seine Uschi. Ach, könnte er doch den Kuss erwidern. Doch dazu war er leider nicht in der Lage. Nach einer Weile, die ihm dennoch nur als Sekunden vorkamen, verschwand dieses Gefühl. Er hörte Schritte, dann eine Tür, und dann hörte er nur wieder seine Apparate. Die Maschinen, die ihn am Leben hielten.

Wenn sie morgen wiederkommt, dann wird es wohl auch morgen sein, dass die Geräte abgeschaltet werden. Morgen ist es also soweit.

Horst, der in der letzten Woche über seine Situation nachgedacht hatte, kam am Ende auch zu dem Schluss, dass er so nicht weiter leben wollte. Es war ja keine Verbesserung mehr zu erwarten, das hatte der Professor Uschi klar und deutlich erklärt. Und Uschi war zu jung, um ihr Leben an einen Toten zu binden. Auch darüber hatten sie gesprochen, als sie den Ordner »Nachlass« anlegten.

Wer bleibt, bleibt nicht allein. Schon wegen Julia sollte eine neue Familie gegründet werden. Seine letzte Nacht hatte er trotz des zu erwartenden Todes ruhig verbracht. Er war mit sich eins geworden und hatte sich vom Leben verabschiedet.

Uschi hatte indes mit einem Ratinger Bestattungsunternehmer alles Notwendige geregelt.

Zuerst war der etwas verwundert, schließlich war ja Herr Kroll noch am Leben. Als sie ihm aber die Situation geschildert hatte, war er nicht nur im klaren über diese Situation, sondern verstand den Schmerz dieser Frau. Die immer wieder in Tränen ausbrach.

Er versicherte Frau Kroll, dass er alles so Regeln würde, wie sie es wünscht.

Als die Tür geöffnet wurde, und er mehrere Stimmen vernahm, wusste er, dass es jetzt passieren würde. Jetzt würde er also sterben.

»Mein Liebster, ich komme bald nach, und dann treffen wir uns im weißen Licht.«

Ja, Uschi, aber lass dir ruhig Zeit. Denn dort, wo ich jetzt hingehen werde, gibt es keinen Raum und auch keine Zeit. Jetzt wird zur Ewigkeit. Und wenn du kommst, ist es jetzt.

Horst spürte erneut ein warmes Gefühl auf seinen Lippen. Uschi küsste ihn.

»Frau Kroll. Wir geben Ihrem Mann nun eine sehr starke Morphiumspritze. Sie können sicher sein, dass er von dem, was dann geschieht, nichts mitbekommt.«

Der zweite anwesende Arzt setzte die Spritze, und als er fertig war, nickte er seinem Kollegen zu.

»Ich lese Ihnen jetzt ein Protokoll vor, das sie dann unterschreiben müssen. Damit bestätigen Sie, dass wir die lebensnotwendigen Geräte, die Ihren Mann am Leben halten, abschalten sollen.«

Nachdem sie alles gehört hatte, unterschrieb sie mit zittriger Hand das Todesurteil für ihren Mann. Beide anwesenden Ärzte unterschrieben ebenfalls.

»Frau Kroll, wir werden jetzt zuerst das Atmungsgerät abschalten. Ihr Mann wird dann noch versuchen, selbst zu atmen. Das ist möglich. Sollte er also in der Lage sein, dies zu tun, dann wird er auch atmen können.«

Uschi nickte, hatte aber nicht ganz verstanden, was das alles bedeutete. Einer der Ärzte schaltete das Beatmungsgerät aus. Noch einmal pumpte es den Sauerstoff in Horst seine Lungen, um dann zu schweigen. Uschi hielt die Hand ihres Mannes.

Liebste, mir wird schwindelig, aber ich spüre auch eine Erleichterung. Liebste U....

Jeder hatte ein Aufbäumen des Körpers erwartet, doch Horst regte sich nicht. Nur auf dem Monitor war zu sehen, dass die Herzschläge langsamer wurden, dass der Puls schwächer wurde. Dann setzte das Herz aus. Anstelle von einer Amplitude war nur noch eine gerade Linie zu sehen. Die Pulsanzeige, die eben noch Zahlen anzeigte, wies nun nur noch zwei vertikale Striche aus. Uschi fühlte, wie die Wärme, die sie so geliebt hatte, in ihm erlosch. Noch einmal küsste sie ihren Mann liebevoll und stand dann auf.

Beide Ärzte stellten sich nach einer Weile an sein Bett und überprüften unabhängig voneinander Puls- und Herztätigkeiten. Ebenso wurde die Anzeige vom EEG-Gerät auf dem Dokument eingetragen. Dann bestätigten beide Ärzte den Tod von Horst Kroll.

»Herzliches Beileid, Frau Kroll. Wir lassen Sie jetzt alleine, oder benötigen sie Beistand?«
»Nein, es geht schon. Danke.«
Uschi blieb noch lange bei Ihrem Mann und nahm still Abschied. Abschied von einem Teil ihres Lebens, von ihrer großen Liebe.

Hörte er da eine Stimme?
Ja, irgendjemand sprach. Leider konnte er die Stimme kaum verstehen. Er konzentrierte sich. Doch sie war zu leise. Sie musste aus einem Nebenraum kommen oder aus dem Raum über ihm.
Je mehr er sich bemühte, einzelne Worte zu verstehen, desto mehr bekam er das Gefühl, die Stimme sei um ihn herum. Nach einer Weile verstummte sie.
Stille umgab ihn.
Nichts rührte sich.
Kein Geräusch drang an sein Ohr.

Wie lange diese Stille herrschte, vermochte er nicht einzuschätzen. Es kam ihm unendlich vor, bis er erneut

Geräusche vernahm, die wie die Töne einer Melodie klangen. Sie spielte in jenem Raum, den er nicht zuordnen konnte. Dumpfe Töne, denen kaum hörbare Klänge folgten. Danach wieder dunkle Töne.

Oder war es gar ein Motor? Eine Maschine?

Er konzentrierte sich auf das, was er hörte, und mit der Zeit erkannte er einen gewissen Rhythmus. Er war sich nun sicher, es musste Musik sein. Vielleicht in einem Nachbargebäude, denn wegen der Entfernung drangen nur die Bässe an sein Ohr.

Die Geräusche hatten seine Aufmerksamkeit so gefordert, dass es ihm nicht aufgefallen war, dass seine Augen geöffnet waren. Doch jetzt bemerkte er, dass er die Lider schloss, als ihre Wimpern die Haut seines Gesichtes berührten. Ganz zart spürte er das. Doch das Einzige, was zu sehen war, war absolute Dunkelheit. Im Wechselspiel von Öffnen und Schließen konnte er keinen Unterschied feststellen. Tiefe Dunkelheit umgab ihn.

War er blind? Und wenn ja, wieso? Oder ist es Nacht, und er befand sich in einem dunklen Raum? Warum war er dort? Wo sollte dieser Raum sein? Wo war er? Wie kam er dorthin, an einen Ort, der ihm nicht bekannt war? Wie groß war der Raum, in dem er lag? Hatte man ihn entführt? Und wenn ja, wieso ihn?

Er erinnerte sich daran, an einem heiklen Fall gearbeitet zu haben. Kindesentführung. Ein Vater hatte sein Kind aus Deutschland in seine türkische Heimat gebracht, ohne Einwilligung der Mutter, die ihn deshalb verklagte. Über Mittelsmänner hatte er die Adresse des Mannes herausbekommen und fand auch das Kind. Es war bei der Mutter des Vaters auf dem Land untergebracht. So fühlte er sich sicher, dass man das Kind nicht finden würde. Doch Geld regiert die Welt, und damit hatte Horst es geschafft, diese Adresse ausfindig zu machen.

Unter vielen Protesten holte die türkische Polizei das Kind von seiner Oma ab und überstellte es nach Deutschland. Eine deutsche Beamtin begleitete das Kind, denn der Mutter war die Einreise verweigert worden. Kurze Zeit später konnte sie ihr Kind wieder in die Arme schließen.

Der Vater drohte ihm Rache an. In seinem Briefkasten fand er zwei Drohbriefe, die nichts Gutes erahnen ließen. Doch er hatte diese Drohung nicht ernst genommen, schließlich lebte dieser Mann jetzt in der Türkei, und die ist weit weg, hatte er sich selbst beruhigt. Doch nun, hier in dieser Dunkelheit, wurde er unsicher.

Hatte man ihn deshalb entführt und hier festgehalten?

Auf Entführung steht Gefängnisstrafe nicht unter zwei Jahren. Na, da werden die sich wundern, wie schnell sie im Knast sein werden. Außerdem gab es ja auch noch den Haftbefehl gegen den Vater wegen Kindesentführung. Sollte er versuchen, über die

Grenze zu kommen, würde er verhaftet. Von wegen Urlaub in der Türkei. Urlaub in Germany hinter schwedischen Gardinen.

Kennen Sie nicht? Kein Problem, wir zeigen es Ihnen gern.

Diese Gedanken hatten ihn für einen Moment von seiner Situation abgelenkt, doch sofort wurde sie ihm wieder bewusst. Lag er oder stand er an einer Wand? Er verspürte keinen Druck auf den Sohlen, also nahm er zunächst an zu liegen. Doch auch an seinem Po oder am Rücken bemerkte er keinen Druck. Er musste also schweben. Aber in der Schwerelosigkeit würde er entweder gegen eine Decke stoßen oder an eine der Wände gedrückt werden.

Nein, schweben konnte er wohl auch nicht.

Während er sich diese Fragen stellte, schloss er bewusst die Augen und öffnete sie wieder. Dann konzentrierte er sich erneut auf die Dunkelheit. Doch, je mehr er sich zu konzentrieren versuchte, desto schlechter waren die Stimmen oder die Musik zu hören. Er schloss die Augen wieder und lauschte den Umgebungsgeräuschen, woher auch immer sie kamen, wo auch immer er war. Was war eigentlich mit seinem Kopf, mit seinem Körper?

Er versuchte, sich zu bewegen. Zuerst wollte er seinen Kopf zur Seite drehen. So, wie jeder normale Mensch, dachte er an die Bewegung und wartete auf deren

Ausführung. Ein Mechanismus, der nie infrage gestellt wurde. Denken und Ausführen waren immer eins. Doch sein Kopf bewegte sich nicht. Keinen einzigen Millimeter, weder nach links noch nach rechts. Das kam ihm sehr merkwürdig vor.

Hatten sie ihm den Kopf festgeschnallt?

Seine Konzentration galt nun dem Öffnen des Mundes. Das erwies sich aber ebenfalls als undurchführbar. So sehr er es auch versuchte, es rührte sich nichts. Sein Mund blieb verschlossen. Mit dem Gedanken, dass sein Mund verklebt sei, konnte er sich nicht wirklich zufriedengeben.

Kopf und Mund sind also nicht zu bewegen. Was ist mit den Fingern und Händen?

Kaum, dass er diese Gedanken hatte, bewegte er sie. Doch leider auch nur gedanklich, wie er sehr schnell feststellen musste.

Sie hatten sich wohl sehr viel Mühe gegeben, um ihn so zu fixieren. Da werden sie die Beine bestimmt nicht ausgelassen haben. Er bemühte sich, schnell die Gedanken an eine Bewegung der Beine in die Tat umzusetzen. Doch mit den Beinen stellte sich der gleiche Misserfolg ein wie schon bei den Händen. Wie oft er es dennoch versuchte, irgendetwas von seinem Körper in Bewegung zu bringen, vermochte er nicht mehr zu zählen. Ermattet gab er auf. Er konnte sich nicht bewegen.

Warum hatten sie ihn so gefesselt und geknebelt, aber seine Augen nicht verbunden? Glaubten sie, er fürchte sich vor der Dunkelheit? Da haben sie aber falsch gedacht.

Er spürte ein wenig Genugtuung über seine mutmaßlichen Entführer und überlegte, wie er weiter vorgehen sollte. Die Musik war schon lange verklungen, als er endlich wieder etwas wahrnahm, etwas hörte. Es war dieselbe Stimme, die er vorhin schon mal gehört hatte.

Lauter, bitte sprechen Sie lauter, ich möchte Sie verstehen, schoss es ihm in den Kopf.

Innigst flehte er, endlich mal etwas verstehen zu können. Hoffte er doch, dadurch herauszubekommen, wo er sich befand. Dabei war es ihm egal, ob dort im »Umraum« ein Mann oder eine Frau sprach. Da es leise Töne waren, die er vernahm, glaubte er, dass es wohl ein Mann sein musste, der dort sprach. Ein Mann hat immer einen Bass bei bestimmten Tönen, die man als letztes wahrnimmt, wenn die Lautstärke abnimmt. Doch jetzt wurden auch diese Töne leiser und nicht lauter, so wie er es sich erhofft hatte, um am Ende ganz zu verstummen. Vollkommene Stille um ihn herum. Fast unerträglich Lange.

Hallo? Ist keiner mehr da? Wo bist du? Oder bist du nicht alleine und bist nur ihr Anführer? Rede, damit ich weiß, dass du noch da bist, wer immer du auch sein magst. Warum hast du mich gefangen oder hierhin geschleppt?

Zwischen seinen verzweifelten, lediglich gedanklichen Rufen machte er Pausen und hörte in den Raum hinein. Doch kein Laut war zu vernehmen. Irgendwann gab er es auf. Niemand würde sich melden oder ihm seine Lage erklären. Jedenfalls nicht jetzt. Doch wenn nicht jetzt, wann dann oder überhaupt? Sollte er den Rest seines Lebens hier verbringen? Wie lange kann ein Mensch ohne Nahrung und Wasser überleben?
Wasser!
Bei dem Gedanken daran dürstete es ihn sofort. Langsam dämmerte es ihm, nicht ewig in dieser Lage bleiben zu können. Unbehagen kam auf, da ihm peinlich bewusst wurde, ohne Wasser über kurz oder lang verdursten zu müssen. Selbst wenn Wasser neben ihm stünde, er könnte es nicht trinken. Wie sollte er es erreichen oder zu sich nehmen?

Wasser, gebt mir doch wenigstens Wasser, wenn ihr schon nicht mit mir redet. Hallo, warum hört mich denn keiner?

Er konnte nicht einschätzen, wie lange die Stille geherrscht hatte, doch plötzlich vernahm er wieder diese ihm inzwischen bekannte Stimme.
Monoton redete sie und redete.

Ja, so ist es gut. Rede, dann weiß ich, dass ich nicht alleine bin.

Vergessen war sein Durst. Er wollte nur noch hören. Und verstehen. Worte verstehen, um seine Lage zu verstehen. Worte, die erklärten, was um ihn herum ist. Er lauschte aufmerksam. Die Stimme näherte sich. »Wir danken dir«, glaubte er, verstanden zu haben. Und auch die Worte, »Guter Vater, Freund«, konnte er einmal verstehen, bis die Stimme sich wieder entfernte.

Wir danken dir, guter Vater, Freund. Welche Sätze kann man daraus bilden? Wir danken dir? Wem wird warum gedankt?

Er unterbrach seine Gedanken, um noch mehr Worte aufzunehmen. Doch die Stimme war verstummt. Da er nichts mehr hörte, gab er sich wieder seinen Überlegungen hin.

Oder ist es doch eine Feier, die in der Nähe stattfindet. Eine Geburtstagsfeier könnte es sein, und jemand hält eine Rede. Guter Vater. Natürlich wird einem Vater gedankt für seine

Opferbereitschaft während der eigenen Kindheit. Und er wird gelobt für Dinge, die er in seinem Leben geleistet hat. Geburtstag, ja, das wird es sein. Das erklärt auch die Musik, die ich gehört habe.

Er konnte jedoch mit nichts auf seine Person oder seinen Aufenthaltsraum schließen. Also versuchte er erneut, die vernommenen Worte in einen Zusammenhang zu bringen. Seine Gedanken wurden allerdings durch ein immer wiederkehrendes Geräusch gestört. Er lauschte und bemerkte regelmäßige Töne, wusste sie aber nicht zu deuten. Er wusste nur, dass er diese Geräusche schon einmal gehört hatte.

Woher kenne ich diese Geräusche und in welchem Zusammenhang?

Aus dem anfänglichen Geräusch wurde mit der Zeit Musik. Sanfte Musik, kaum hörbar für ihn, und doch wusste er, dass es Musik war. Musik, die er wohl kannte. Aber es fiel ihm nicht ein, wo er sie gehört hatte. Der Takt der Töne wurde mit der Zeit immer etwas schneller, um dann abrupt zu verstummen.

Verdammt, warum spielen sie nicht weiter, dann würde ich es herausbekommen, was für eine Musik es war.

Er hatte so gehofft, über die Musik vielleicht einen Hinweis auf seine Lage zu bekommen, und war nun tief enttäuscht. Wieder breitete sich Stille aus, die ihn umschloss. Er versuchte, seine Ohren wie Antennen zu benutzen. Von links nach rechts konzentrierte er sein Gehör. Wieder versuchte er, den Kopf nach links zu drehen, in die Richtung, aus der Stimme und Musik zu kommen schienen. Doch auch dieser Versuch schlug fehl. Obwohl er seinen Kopf nicht bewegen konnte, gelang es ihm, rundum zu horchen. In Anbetracht dessen, dass er aber nichts mehr hörte, war er sich nicht sicher, ob es ihm auch wirklich gelungen war.

Horst spürte Kälte an seinen Augen, wann immer er diese öffnete. In dem Raum, in dem er sich befand, war es kalt. Am Körper fühlte er diese Kälte nicht.

Habe ich warme Kleidung an, oder warum merke ich dort die Kälte nicht?

Fragen, auf die es allerdings keine Antworten gab. Die Gedanken brach er jäh ab, als wieder etwas zu hören war. Stimmen, diesmal nicht eine, sondern viele. Ein vielstimmiges Gemurmel drang an sein Ohr. Mal lauter, dann eine kurze Pause, und dann auch wieder Leiser. Auch wenn er sich darauf voll einließ, er konnte keine bestimmten Worte verstehen. Zu sehr verschwommen die Stimmen ineinander. Er dachte nach.

Reden, Pause, Reden, Pause, Reden. Wann macht man so etwas?

Wieder war er bei der Idee einer Geburtstagsfeier und stellte sich vor, dass Leute dem Geburtstagskind etwas vorlasen. Er kannte das von eigenen Festen, bei denen Menschen glaubten, mit einer Aufführung den Jubilar oder das Geburtstagskind zu erfreuen. Was aber nicht immer der Fall gewesen war. Nach einer erneuten Rede und der darauf folgenden Pause, wartete er nun auf die nächste Rede. Doch die kam nicht. Nichts kam danach.

Schluss, die Rede oder Aufführung ist wohl zu Ende. Und ich habe mal wieder nichts verstanden. Klasse.

Er ärgerte sich, weil er konzentriert zuhören wollte und sich dann doch mit eigenen Gedanken ablenkte. Außerdem hatte er mehrmals die Augen geöffnet, obwohl er inzwischen wusste, mit geschlossenen Augen besser hören zu können. Glockengeräusche rissen ihn aus seiner Selbstkritik. Er hörte sie und war sich sicher, dass es Glocken waren. Sofort begann er wieder zu grübeln.

Wo bin ich, dass ich Glockengeräusche hören kann? In einer Kirche? Seit wann finden Geburtstagsfeiern in einer Kirche statt?

Schnell verwarf er den Gedanken, in einer Kirche zu sein.

Oder bin ich in der Nähe einer Kirche untergebracht? Haben die Kirchen nicht auch Gemeindesäle, in denen man feiern kann? Ja, so etwas gibt es. Ich bin also in einem Gebäude, direkt an einer Kirche. Aber wieso wurde ich in so ein Gebäude gebracht? So skrupellos können doch die oder der Täter nicht sein und ihr Opfer, also mich, in einem Pfarrsaal festhalten. Außerdem sind die meisten Türken doch Moslems und meiden christliche Kirchen. Und es muss eine christliche Kirche sein, denn Moscheen haben keine Glocken. Doch wo steht diese Kirche? Ist es eine evangelische oder katholische Kirche? Könnte ich sie sehen, dann könnte ich das bestimmen.

Um sich nicht noch weiter in diesen Fragen zu verlieren, konzentrierte er sich wieder auf die Glockentöne, die immer noch zu hören waren. Laut und deutlich nahm er sie wahr, denn sie waren lauter geworden, Drangvoller als anfangs.

Wie spät ist es wohl? Die Glocken läuten nicht so wie die, die nur die Uhrzeit verkünden. Sie läuten so, als riefen sie den Leuten zu, in die Kirche zu kommen. Es ist wie bei uns zu Hause, da läuten die auch immer vor dem Gottesdienst.

Sofort dachte er an »seine« Kirche. Jene, die sich nur zwei Straßen von seinem Wohnhaus entfernt befand. Er hörte noch einmal genauer hin und war sich jetzt fast sicher, dass es sich um diese Glocken handeln könnte, ja müsste.

Wenn das unsere Glocken sind, dann werden am Ende immer drei einzelne Glocken nachklingen. Das seien die Kinder-Glocken, hatte er seiner Julia einmal erklärt. Die läuten deshalb so lange, damit auch die »Bummel-Kinder« noch pünktlich in die Kirche kommen.

Julia war Sonntags schon mal ein Bummel-Kind, das sich nicht von ihren Spielsachen lösen konnte und die Familie deswegen zu spät zur Andacht kam. Seine Augen waren geschlossen, und so lauschte er dem Läuten, das immer noch in der Welt und in seinen Ohren erklang. Nach einer Weile wurde es leiser. Nicht alle Glocken läuteten, und die, die noch zu hören waren, verstummten auch allmählich. Am Ende erklangen nur noch jene drei Glocken, die den Aufruf, in die Kirche zu kommen, beendeten.

Mein Gott, es ist unsere Kirche. Ich bin in der Nähe unserer Kirche.

Es ist die ST. Peter und Paul Kirche am Marktplatz, da bin ich mir ganz sicher. Ganz klar, genauso läuten unsere Glocken. Wenn sie jetzt geläutet haben, um die Gemeinde in die Kirche zu bitten, dann haben wir entweder Sonntag oder Feiertag. Da findet die große Messe statt. In der Woche läuten sie nur das kleine Programm und auch nur am Mittwochabend. Nehmen wir also an, es ist Sonntag, dann haben wir jetzt 11.00 Uhr. Dann müsste ich auch das Ende der Messe hören können, das wäre um 12.30 Uhr. Und ich werde das Läuten zu den vollen Stunden hören können. So habe ich einen kleinen Hinweis auf die Zeit und wie lange ich hier dann liege.

Glücklich über diese ersten Erkenntnisse versuchte er, weitere Informationen zu sammeln, die ihm noch nützlich sein könnten. Schließlich wollte er ja den oder die Täter dingfest machen. Dafür benötigt man Beweise. Jeder Hinweis war wichtig. Das Läuten hatte nun vollständig aufgehört. Die Stille kehrte zurück. Die verhasste Stille nahm erneut Besitz von ihm, umhüllte alles mit dunkler Leere.

Da geschah etwas Merkwürdiges. Trotz geschlossener Lider sah er für einen kurzen Moment ein Blitzen. Das grelle Licht erschreckte ihn, und er öffnete schnell die Augen. Nachdem er sie geöffnet hatte, gab es auch keinen Blitz mehr.

Was war das? Hatte einer das Licht eingeschaltet und dann sofort wieder ausgemacht? Das kann aber nicht sein, ich bin mir sicher, ich hatte die Augen geschlossen, als dieser Lichtstrahl mich traf.

Langsam schloss er die Augen wieder. Er hatte Angst vor diesem Blitz. Zaghaft dachte er an das Senken seiner Augenlider. Doch sie fielen sofort zu, sobald er nur daran dachte. Auf oder zu. Ein langsames Heben oder Senken war nicht möglich. Als seine Lider wieder unten waren, kam sofort ein Blitz. Nach und nach nahm er es hin, dass es blitzte, wann immer er die Augen schloss.

Der Blitz, der bis dahin nur für Zehntelsekunden vorhanden war, leuchtete nun etwas länger. Für einen kurzen Moment sah er in diesem Leuchten ein Bild. Dann wiederholte sich Blitz, Bild und wieder Blitz. Irgendwann erschien nur noch das Bild, und er erkannte darin einiges.

Eine Landstraße, Nebel und einen LKW, der ihm entgegenkam. Es erschien wieder ein Blitz, und das Bild war verschwunden. Nachdem er die Augen geöffnet hatte, sah er wieder nichts. Dunkelheit umgab ihn. Die Blitze und die Bilder waren also nur in seinem Kopf. Doch was sollten sie bedeuten? Was sollte er erkennen, was wollte sein Kopf ihm mitteilen?

Stille, immer noch Stille. Und auch keine Blitze oder Bilder mehr. Er verschloss die Augen, öffnete sie wieder und wartete, dass etwas geschah. Doch es geschah nichts. Auf was er wartete, was geschehen sollte, wusste er nicht. Und doch kam es ihm so vor, als ob gleich etwas passieren würde. Ja, passieren musste.

Horst hielt inne und lauschte, doch außer dieser verdammten Stille war nichts, was er hätte wahrnehmen können. Verzweiflung kam auf. Seine Augen, die er immer noch geöffnet hatte, verspürten verstärkt eine Kälte. Er war schon fast enttäuscht, dass nach dem erneuten Schließen der Augen kein Blitz, kein Bild erschien. Einfach nichts. Er konzentrierte sich nun wieder auf seine Umgebung.

Wenn sich nicht bald etwas ändert, kann es sein, dass ich hier bis zum Sanktnimmerleinstag liege, wann immer der auch ist.

Kaum war ihm dieser Gedanke gekommen, vernahm er wieder die bekannte, ja fast schon vertraute Stimme. Er hörte Worte: »Im Herzen, Gott, und Frieden«.

Dann klopfte es genau über ihm. Das war diesmal genau zu lokalisieren. Dreimal klopfte es an der Decke und jemand sprach. Es war aber nicht die bekannte Stimme, nein, jetzt sprach jemand anders. Doch was diese Stimme sagte, konnte er nur bruchstückhaft verstehen: »Vater« und »Geist« glaubte er, verstanden zu haben. Das erneute Läuten der Glocken übertönte dann vollends die Stimme. Er lauschte den Glocken, prüfte, ob jetzt ein Rhythmus oder ein Hinweis zu erkennen wäre, dass es sich wirklich um die Glocken aus seiner Kirche handele.

Der Glockenklang wurde von Geräuschen überlagert, die in unmittelbarer Nähe sein mussten. Links und rechts von ihm klapperte es. Dann verspürte er ein Gefühl der Schwerelosigkeit. So, als würde er bewegt. Er selbst konnte sich ja nicht bewegen. Es gab einen Ruck, und es fühlte sich so an, als ob er in Schieflage geraten wäre. Er verspürte einen verstärkten Druck auf seinem Kopf, wie bei einem Kopfstand. Konnte der Raum, in dem er lag, sich heben und senken?

Er hatte das Gefühl, das sich sein Körper mal nach links und mal nach rechts bewegte. Mal oben höher und mal unten höher, mal stieg ihm das Blut in den Kopf, dann war dieser Druck wieder weg, um erneut anzusteigen.

Ich werde bewegt. Ich werde bewegt. Doch wer bewegt mich und warum werde ich bewegt?

Kaum hatte er sich diese Fragen gestellt, gab es einen erneuten Ruck, und das leichte Schwindelgefühl war wieder weg. Dann klapperte es links und rechts, und oben klopfte es, oder etwas wurde verschoben. Scheinbar wurde was umgeräumt. Aber es musste doch Sonntag sein, und an einem Sonntagmorgen umzuräumen hielt er für unmöglich.

Es war doch Sonntag, schließlich hatte er doch die Glocken gehört, die zur Messe riefen, oder? Wieder bemerkte er, dass er immer noch keine genaue Zeitangabe hatte. Die Kirchenglocken hatte ihm keine Uhrzeit verkündet.

Sollte es der Sonntagsgottesdienst gewesen sein, den ich gehört habe und der nun zu Ende ist, dann wäre es jetzt 12.30. Uhr. In einer halben Stunde müssten dann die Glocken einmal läuten.

An seine empfindlichen Ohren drangen nun fremde Geräusche. Er hörte etwas, das er nicht zuordnen konnte.

Das ist ein Summen oder Brummen? Irgendwo habe ich das schon mal gehört. Es könnte ein Motor sein. Das Geräusch hört sich gleichmäßig an, allerdings mit einer Unregelmäßigkeit. Nach einem kurzen Zeitabstand kommt so ein leichtes Knacken oder was auch immer.

Er schloss die Augen, auch wenn er immer noch ein ungutes Gefühl wegen der Blitze und der Bilder hatte. Ganz vorsichtig versuchte er, sie zu schließen, doch sie fielen einfach herunter. Er wartete auf eine Reaktion aus dem Kopf. Jedoch nichts geschah. Weder Blitze noch Bilder erschienen.

Gut, dann habe ich Zeit, über dieses unregelmäßige Summen oder Brummen nachzudenken.

Summen, knack, summen, knack. Er erkannte eine Regelmäßigkeit in diesem Ablauf. Jetzt war er sich sicher, dass es etwas war, was sich drehte und summte. Nach jeder Umdrehung kam dieses Knacken. In seinem Kopf arbeitete es jetzt. Viele Stationen in seinem Leben liefen in seinen Gedanken ab. Situationen, in denen er dieses Geräusch schon mal gehört haben könnte.

Ein Motor, es ist ein Elektromotor.

Plötzlich war er sich sicher, dass dieses Geräusch von einem Elektromotor erzeugt wurde. Er hatte sich erinnert, dass er einmal bei einer Betriebsbesichtigung mit so einem Elektroauto mitfahren durfte. Erfreut, dass er sich daran erinnern konnte, lauschte er nun diesem Geräusch. Und je mehr er sich darauf konzentrierte, desto sicherer wurde er, dass seine Vermutung richtig war.
Doch warum hörte er dieses Geräusch? Wo war dieser Motor? Noch bevor er sich darüber weitere Gedanken machen konnte, hörte er schon etwas Neues. Ein leichtes Quietschen dann und wann. Und ein Knirschen, als wenn man über harten Sand fährt. Seine Augen verspürten eine leichte Vibration. Sanft wurde

sein Kopf hin und her bewegt, so als läge er in einer schaukelnden Wiege. Dann sah er das Bild wieder. Der LKW war aber diesmal schon viel näher. Dann hörte er einen Aufschrei. Er kannte diese Stimme. Ja, er kannte diese Stimme, jedoch wusste er nicht, wem sie gehörte.

Wer hat da geschrien? Warum hat sie geschrien? Sie, wieso eine sie?

Wieder hörte er diesen Schrei und wieder und immer wieder, diesen einen Schrei. Er war sich sicher, dass es eine weibliche Stimme war, die er hörte.

Nicht schlafen, jetzt nicht schlafen. Konzentriere dich.

Erneut versuchte er, sich zu bewegen, um das Schaukeln zu unterbinden, was ihn unweigerlich in den Schlaf wiegen wollte. Schnell musste er erkennen, dass es eine aussichtslose Aktion war. Doch er war klarer im Kopf. Eine Frauenstimme, ja, es war eine Frauenstimme, die da geschrien hatte. Da war er sich jetzt sicher. Es blitzte, blitze und nach dem zehnten oder elften Blitz sah er ein Bild. Ein Bild von einer Frau erschien vor seinen Augen.

Uschi. Das ist Uschi! Das war Uschi, die geschrien hat. Warum hat Uschi geschrien, warum hat sie geschrien?

Antworten, er suchte nach Antworten, als er einen Knall hörte. Einen furchtbaren Knall. Doch dieser Knall war nicht jetzt, diesen Knall hatte er schon einmal gehört. Schrei, Knall, LKW? Mit einem Schlag war die Erinnerung wieder da.

Unfall, ja wir hatten einen Unfall. Auf der Landstraße ist uns ein LKW entgegengekommen, und der ist auf unsere Fahrbahn geraten. Ich konnte nicht ausweichen, und dann gab es diesen fürchterlichen Knall. Uschi hat geschrien. Meine Tochter hat geschrien. Meine Tochter hat auch geschrien. Warum sehe ich kein Bild von meiner Tochter?

Dann war wieder Stille in seinem Kopf und Dunkelheit vor seinen Augen. Keine Stimmen und keine Bilder mehr aus dem Unterbewusstsein. Nur noch die Geräusche des Elektromotors und das Knirschen von Sand nahm er wahr. Fast wäre er eingeschlafen durch dieses monotone Geräusch. Doch als das Fahrzeug kurz stoppte, war sein Kopf hin und her bewegt worden. Sofort war er wieder hellwach und versuchte, sich weiter zu erinnern.

Unfall, wir hatten einen Unfall. Was war denn danach?

Horst öffnete und schloss mehrmals die Augen. Er hoffte, Blitze und Bilder zu sehen, die ihm dabei helfen sollten, sich weiter zu erinnern.

Wir haben alle überlebt, hat der Doktor gesagt.

Wieso kam er auf einen Doktor? Horst war erstaunt, dass ihm das einfiel.

Ja, ich war in einem Krankenhaus und lag im Koma. Uschi hat zugestimmt, dass die Geräte abgeschaltet werden. Ich sollte sterben, weil ich nicht wirklich leben konnte. Wenn ich gestorben bin, wieso schwebe ich dann oder werde bewegt? Langsam dämmerte es ihm.

Oh mein Gott. Ich erlebe meine eigene Beerdigung. Ich liege in einem Sarg und die Glocken gelten mir. Die Stimmen, die ich hörte, sind die Stimmen vom Pfarrer und die Musik, ja es ist meine Musik. Ich habe mir zu meiner Beerdigung ein Lied von der Gruppe Kraftwerk gewünscht. Ja, es ist diese Melodie, die ich eben gehört habe. Nein, das darf nicht sein. Ich will nicht beerdigt werden. Uschi, du hast einen Fehler gemacht, du hörst doch, ich lebe noch. Uschi, Uschi!

Er schrie und schrie, ohne dass auch nur ein Laut aus seiner Kehle drang, bis sein Bewusstsein schwand unter der Anstrengung. Horst war klar, dass er auf einem Transportwagen gehoben wurde und er dessen Motor hörte. Der Wagen, der den Sarg, und damit ihn, zum Grab transportierte. Er befand sich auf dem katholischen Friedhof von Ratingen.

Ich muss mich bemerkbar machen. Ich darf nicht beerdigt werden. Nur Tote werden beerdigt, und ich bin definitiv nicht tot.

Horst versuchte, erneut zu schreien, doch nichts kam aus seinem Mund und nichts war zu hören. Zum wiederholten Male wollte er sich bewegen. Hände, Arme, Beine, doch sie alle versagten ihm den Dienst.

Wenn ich mich nicht bemerkbar machen kann, werde ich wirklich sterben.

***

Nach einem weiteren Ruck hörte er wieder Stimmen. Nein, es war wieder nur die eine Stimme. Er wünschte sich zum wiederholten Male, diese Stimme würde lauter reden, damit er den Text verstehen konnte.
Ein Gefühl der Schwerelosigkeit überkam ihn, und sein Kopf wurde hin und her bewegt. Nach einem Geräusch, so als wäre etwas heruntergefallen, erlosch das Gefühl der Schwerelosigkeit. Schleifgeräusche links und rechts von ihm konnte er nicht deuten, da sie auch zu schnell wieder verstummten.
Horst ahnte, dass er im Sarg in die Grube herabgelassen wurde. Anstelle dieser Geräusche hörte er nun wieder diese Stimme. Diese verdammte leise Stimme. Durch seine Erkenntnis konnte er sich nun

vorstellen, was diese Stimme redete. Schließlich hatte er schon einige Beerdigungen erlebt.

»Papi, Papi, ich will zu meinem Papi.«

Das hatte er deutlich gehört. Sofort war ihm klar, es war die Stimme seiner Tochter Julia.

Julia, Julia. Komm zu deinem Papi. Sag den Leuten, sie sollen mich wieder hochholen. Sag ihnen, dass ich nicht tot bin. Nicht tot bin, bitte.

Nach einem kurzen Stimmengewirr war es wieder still geworden. Keine Stimmen und schon gar nicht Julias. Horst schrie mit voller Kraft. Doch kein Laut kam aus seiner Kehle. Noch nicht einmal ein leises Röcheln kam über seine Lippen. Seine Gedanken an das, wie und warum er nicht schreien konnte, wurden jäh unterbrochen.

Es prasselte leicht über ihm, so als würde es regnen. Doch der kurze »Regen« war schnell wieder beendet. »Lebewohl Horst« hat jemand gesagt. War das nicht Uschis Stimme?

Mein Gott, sie begraben mich wirklich. Hört auf, ich lebe. Wer einen Menschen lebendig begräbt, der kommt ins Zuchthaus. Uschi, Uschi, du hast einen Fehler begangen, ich hatte es dir gesagt, aber du hast nicht gehört, was ich sagte.

Wieder der klägliche Versuch eines Schreis.

»Papi, Papi. Ich will nicht, dass ihr die Erde auf meinen Papi werft. Dann kann er doch nicht mehr zu mir kommen. Hört auf. Mami, Mami, sag ihnen, sie sollen damit aufhören. Papi, mein Papi, ich will zu meinem Papi.«

Julia, Julia, ich komme zu dir. Warte, meine kleine Sonne, Papi kommt zu dir.

Doch so sehr er es auch versuchte, sich zu bewegen, es rührte sich nichts. Oder doch? Er verspürte ein Gefühl in seiner rechten Hand, und er nahm Bewegungen dieser Hand wahr. Die Hand bewegte sich etwas nach oben und dann auch nach unten. Seine Finger bewegten sich.

Was fühle ich da? Papier oder so etwas liegt unter meiner Hand. Es kann auch ein Stoff sein.

Seine Hand drückte sich stärker in dieses Material hinein. Mit den Fingerspitzen grub er sich nun durch diesen Stoff. Mit aller Kraft bohrte er seine Finger hinein. Endlich hatte er diesen Stoff durchstoßen. Auf seinen Fingerkuppen hatte er nun kleine Schnipsel aus festerem Material. Nicht total fest, aber schon hart.

Holz, ja es wird Holz sein. Holzspäne, grobe Holzspäne habe ich in der Hand.

Hatte er bis jetzt angenommen, dass er in einem Sarg lag, so hatte er jetzt Gewissheit. Über ihm war es ruhiger geworden. Nur vereinzelt hörte er noch Stimmen. Er ahnte, dass es wohl Leute waren, die von ihm Abschied nahmen. Sein Verstand sagte ihm, dass bald die Friedhofsgärtner kommen und das Loch zuschütten würden.

Die Anstrengung hatte ihn viel Kraft gekostet. Schweiß lief ihm von der Stirn ins Gesicht. Mit der Zunge leckte er die Schweißperlen auf, die auf seinen Lippen ankamen. Die wenigen Tropfen taten ihm gut. Doch erst jetzt wurde ihm bewusst, dass er die Zunge bewegen konnte. Sofort versuchte er auch zu schreien. Doch kein Ton kam aus ihm heraus.

Dafür bekam er ein Gefühl in den Beinen, und auch im anderen Arm fing es an zu kribbeln. Langsam konnte er nun beide Arme heben. Er fühlte den Sargdeckel über sich.

Mein Gott, ich werde beweglich. Ich muss das nutzen. Wenn die Gärtner kommen, dann muss ich es schaffen, mit beiden Händen gegen den Deckel zu schlagen. Das werden sie hören.

Obwohl er verharrte, um Kräfte zu sparen, wurde es warm um ihn herum. Sein Herz schlug heftiger. Er hörte, wie sein Atem schneller wurde.

»Na, dann wollen wir ihm mal seine letzte Ruhe geben.«

Da sind sie, sie wollen mich zuschütten. Stopp. Bitte wartet, ich werde euch ein Zeichen geben, dass ich noch lebe. Bitte wartet, nur einen Moment, bitte.

Er bündelte seine ganze Kraft und hob beide Arme, so schnell er konnte, und schlug gegen den Deckel. In diesem Moment gab es einen Aufprall über ihm. Sofort versuchte er es wieder. Durch den erneuten Aufprall von außen verhallten die dumpfen Schläge von Horst am Sargdeckel im Inneren seines »Raumes«.

»Verdammt«, kam es aus ihm heraus, »verdammt«.

Ich kann mich hören. Ich kann wieder sprechen.

Sofort rief er mit aller Kraft: »Hilfe! Hilfe!«
Doch seine Stimme war noch schwach.
Er konzentrierte sich.
Ich muss lauter werden. Viel lauter.

Dumpfe Aufschläge unterbrachen seine Überlegungen. Er wusste, viel Zeit hatte er nicht mehr, um sich bemerkbar zu machen. Also versuchte er es erneut.

»Hilfe, Hilfe, holt mich hier raus.«

Diesmal war die Stimme lauter als zuvor. Noch einmal rief er mit aller Kraft und riss dabei die Arme hoch und klopfte gegen den Deckel.

Das müssen sie doch hören, dachte er und hoffte auf eine Reaktion.

»Manchmal habe ich das Gefühl, als wenn die oder der, die wir begraben, nach uns rufen. Grad eben wieder, da habe ich gedacht, der da unten ruft um Hilfe.«

»Ja, das kenne ich. Ging mir am Anfang auch so. Man hört Hilferufe oder Klopfzeichen. Immer hatte ich das Gefühl, kletter in die Grube und hole den da raus. Nach einer Weile gewöhnst du dich aber daran. Ist nur menschlich. Wer schüttet schon gerne Erde auf einen Sarg? Am liebsten würde man doch jede arme Seele wieder hochholen. Besonders dann, wenn jemand wie der in unserem Alter ist.«

»Ja, das glaube ich dir. Aber irgendwie hörte sich das so wirklich an.«

»Das kenne ich. Einmal, da habe ich erlebt, wie zwei Kollegen einen Sarg wirklich aufgemacht hatten, weil sie was hörten. Doch im Sarg war alles ruhig. Sie haben sich bei dem Toten entschuldigt, den Sarg wieder verschlossen und schnellstmöglich weitergearbeitet. Glaub mir, so etwas wird mir nicht passieren. Übrigens bleibt das bitte unter uns. Kann wirklich Ärger geben, wenn das rauskommt. Und wir wollen doch unsere Kollegen nicht verpfeifen oder?«

»Geht klar. Ich sage nichts.«

»Wie schon gesagt, alles nur Einbildung. Aber nun komm, lass uns fertig werden.«

Die Friedhofsgärtner schaufelten nun schneller die Erde in die Gruft. Horst hatte etwas gehört, jedoch wie schon so oft zu leise, um es zu verstehen. Sein Atem wurde schwerer und seine Sinne schwanden. Er hatte nicht mehr die Kraft, die Arme zu heben und auch nicht mehr die Kraft, noch einmal zu schreien. Die dumpfen Aufschläge wurden leiser. Mit jedem Aufschlag war es so, als entfernten sie sich. Er wusste, dass ihm die Erde ewige Stille bringen würde.

Die Stille, die ihn umschloss, war das Letzte, was er hörte.

Hompage:
https://123michael55.wixsite.com/michaelschoenberg
Bücherseite:
www.lovelybooks.de/autor/Michael-
Mailadresse:
mschg55@gmail.com

Michael Schönberg wurde 1955 in Düsseldorf geboren. Schon von klein auf erzählte er Geschichten und unterhielt die ganze Familie und Freunde. Auch in seinen Berufen, Maschinenbaumeister und später als Logistikleiter, konnte und musste er seine Kreativität einsetzen, um Problemlösungen zu entwickeln. Als sich das Ende der beruflichen Karriere abzeichnete, setzte er diese Gabe in Wort und Schrift um. So entstand sein erster Roman »Blond ja. Dumm nein. «

Veröffentlichungen

2014 »Blond ja. Dumm nein«, ein Liebesroman, bearbeitet und heißt jetzt: »Steffi und Yvonne. Zwei Gesichter einer Frau. «

2015 »Michaels Kurzgeschichten«

2015 Mitautor bei der Trilogie »Jedes Wort ein Atemzug

2016 »Für die Liebe ist man nie zu alt«, ein Liebesroman

2016 »Farbspiele «, 10teilige Anthologie vom Karina Verlag

2017 »Haifischjagd-Köder gesucht«, ein Thriller

2017 »Die Dunkelheit«, ein Thriller

2017 »Die Zombie Maske«, ein Horror Roman

2018 »Flugsi und seine Abenteuer«, ein Kinderbuch

2018 »Tsunami der Kinder«, ein Thriller

2018 »Deine Schuld wird nie vergessen« ein Psycho-Thriller

2020 »Michas Bunte Geschichten«, Kurzgeschichten

2020 »Wenn die Seele sich verdunkelt«, Thriller

2021 »Gefahr am „Grünen See"«, ein Kriminalroman